Catherine George
La noche en que nos conocimos

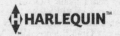

Editado por HARLEQUIN IBÉRICA, S.A.
Núñez de Balboa, 56
28001 Madrid

I.S.B.N.: 978-84-687-5529-8
Depósito legal: M-30890-2014
Editor responsable: Luis Pugni
Impresión en CPI (Barcelona)
Fecha impresion para Argentina: 10.8.15
Distribuidor exclusivo para España: LOGISTA
Distribuidor para México: CODIPLYRSA
Distribuidores para Argentina: Interior, DGP, S.A. Alvarado 2118.
Cap. Fed./Buenos Aires y Gran Buenos Aires, VACCARO HNOS.

Capítulo 1

ROSE permaneció rígidamente sentada mientras el avión despegaba. Ya no había vuelta atrás. Llevaba años rechazando las invitaciones a Florencia, pues se negaba a separarse de su hija pequeña o a llevarla consigo. Pero en aquella ocasión le había resultado imposible negarse.

–Ven, por favor, por favor –había rogado Charlotte–. Pasaremos dos días juntas en un hotel de lujo. Seguro que te viene bien un descanso, y yo me ocuparé de todos los gastos, incluyendo el billete de avión. Ya sabes que Bea estará perfectamente con tu madre, así que no digas que no esta vez. Te necesito, Rose. Así que ven. ¡Por favor! –había añadido en tono de ruego y, debido a que era su mejor amiga y la quería como a una hermana, Rose había accedido.

–Si tanto significa para ti, iré. Pero ¿por qué vamos a alojarnos en un hotel y no en tu casa?

–Porque quiero tenerte para mí sola.

–¿Y qué piensa Fabio de este plan? Las fechas que me propones coinciden con vuestro aniversario de boda, ¿no?

–Va a tener que irse por motivos de trabajo –dijo Charlotte con tristeza–. Además, aún no sabe nada de lo del hotel. Pero yo ya he hecho las reservas, de manera que ya no puede hacer nada al respecto... aunque tampoco lo haría si lo supiera.

Rose no estaba tan segura. A un marido tan posesivo como Fabio Vilari no le agradaría que su mujer se alojara en un hotel de Florencia sin él, aunque solo fuera para pasar un par de días con una amiga de toda la vida que además había sido la dama de honor en su boda. Pero, desde el momento en que Rose había aceptado, Charlotte la había llamado a diario para asegurarse de que no se echara atrás.

–Toma un taxi de la estación al hotel –le había dicho en su última llamada–. Yo me reuniré contigo a la hora del almuerzo.

El folleto del hotel ya dejaba claro que la falta de dinero no era precisamente uno de los problemas de Charlotte, pero, si lo que sucedía era que algo iba mal en su matrimonio, Rose no sabía qué consejos podía ofrecer una madre soltera como ella a su amiga. Tan solo podía ofrecerle su hombro para llorar.

Tras aterrizar en Pisa y recoger su equipaje, Rose tomó un tren a Florencia. Apenas se fijó en el paisaje de la Toscana mientras pensaba en su hijita. Bea estaba acostumbrada a pasar tiempo con su adorada abuela mientras ella iba a trabajar, pero nunca había pasado una noche sin ella. Imaginarse a Bea llorando de noche porque su madre no estaba le resultaba intolerable. Pero Charlotte había estado a su lado siempre, en los buenos y en los malos tiempos, y ella no tenía más opción que corresponderle.

Rose no pudo evitar sentirse impresionada cuando el taxi se detuvo ante un antiguo y elegante edificio al que se accedía subiendo una amplia escalinata con una alfombra roja. Mientras subía las escaleras del hotel lamentó no haberse puesto algo más elegante que sus vaqueros. Una vez en el vestíbulo avanzó directamente hasta la recepción arrastrando tras de sí su pequeña maleta de viaje y dijo su nombre.

–*Buonasera* –saludó cortésmente el recepcionista, que, para alivio de Rose, continuó hablando en inglés–. Bienvenida a Florencia, señorita Palmer. ¿Quiere firmar en el registro, por favor? La señora Vilari ha pedido que le informemos de que ha reservado una mesa en el restaurante del hotel para esta tarde.

–Gracias –contestó Rose con una sonrisa.

–*Prego*. Si necesita cualquier cosa, solo tiene que llamar.

Un botones se ocupó del equipaje y de conducir a Rose a su habitación en la segunda planta. Tras darle una propina y contemplar encantada la lujosa habitación, Rose se encaminó directamente al balcón que daba al río Arno. Al reconocer el famoso *ponte* Vecchio experimentó una mezcla de trepidación y excitación. Por increíble que pareciera, por fin estaba de vuelta en Italia. Envió un mensaje de texto a Charlotte para confirmar su llegada y luego llamó a su madre.

–Tranquila, cariño. Bea está encantada –le aseguró Grace Palmer–. Está jugando con Tom en el jardín. ¿Quieres hablar con ella?

–Me encantaría, pero mejor deja que siga jugando.

–Va a estar perfectamente con nosotros, así que no te agobies y disfruta de tu viaje.

Tras asegurar que lo intentaría, Rose sacó una tónica del minibar y fue a tomársela sentada en una de las tumbonas que había en el balcón. Por primera vez en mucho tiempo no tenía nada que hacer, pero echaba demasiado de menos a su hija como para disfrutar de su tiempo libre. «Basta», se dijo, irritada consigo misma. Ya que estaba allí, lo razonable era que disfrutara de su estancia en aquella preciosa y emblemática ciudad. Pero ¿qué estaría pasando con Charlotte y Fabio? ¿Estaría Fabio siendo infiel a su amiga? Frunció el ceño. En el improbable caso de que alguna vez llegara a casarse y su marido la engañara, sospechaba que su instinto sería producirle graves lesiones corporales.

Tras contemplar un rato las revueltas aguas del Arno, volvió al interior dispuesta a disfrutar de un largo baño. Después, y sin haber tenido aún noticias de Charlotte, utilizó más tiempo del habitual en arreglarse. Tras hacerse un complicado moño alto, asintió mientras se miraba en el espejo. No estaba mal. El vestido negro que solo solía utilizar en ocasiones especiales le sentaba especialmente bien después de haber perdido un par de kilos. La ropa de Charlotte era siempre maravillosa, cortesía de un marido rico y perdidamente enamorado.

Se mordió el labio inferior al pensar que pudieran tener algún problema. ¿Se habría enamorado Fabio de otra?

El inesperado sonido del teléfono la sobresaltó y fue a responder suponiendo que sería Charlotte.

–¡Hola! –saludó animadamente, pero se quedó paralizada al escuchar que había una carta para ella en recepción–. Gracias. Enseguida bajo a recogerla.

En recepción le entregaron un abultado sobre y le comunicaron que el caballero que lo había llevado deseaba hablar con ella.

–*Buonasera*, Rose –dijo una voz a sus espaldas–. Bienvenida a Florencia.

Rose sintió que el corazón se le subía a la garganta. Para ocultar su horrorizada reacción, se volvió lentamente hacia un hombre alto y delgado, de pelo negro rizado y un rostro que podría haber sido directamente extraído de un retrato de Rafael. Un rostro que Rose nunca había logrado olvidar a pesar de todos sus esfuerzos. Allí estaba en carne y hueso el motivo por el que había rechazado todas aquellas invitaciones a la Toscana: para evitar volver a encontrarse con el padre de su hija.

–¡Cielo santo! Dante Fortinari –dijo en el tono más desenfadado que pudo–. ¡Qué sorpresa!

–Espero que haya sido una sorpresa agradable –el hombre tomó su mano con un brillo en sus ojos azules que hizo que Rose quisiera darse la vuelta y salir corriendo–. Yo me alegro mucho de volver a verte, Rose. ¿Quieres que bebamos algo mientras lees tu carta?

La primera reacción de Rose fue negarse, pero se contuvo y acabó asintiendo con cautela.

–Gracias.

–Vamos –Dante la condujo hasta una mesa en el sofisticado bar del hotel–. ¿Quieres un vino?

–Con un poco de agua fresca me bastará. Si no te importa, mientras la traen voy a leer la carta.

Tras pedir las bebidas a un camarero, Dante Fortinari observó atentamente a Rose mientras leía la carta. Rose Palmer había cambiado en los cuatro años transcurridos desde la última vez que la había visto, en la boda de Charlotte Vilari. Entonces era una joven inocente que acababa de cumplir los veintiún años, pero aquella joven se había convertido en una mujer. Llevaba su pelo color caramelo sujeto en un moño que le habría gustado deshacer. Combinado con el severo vestido negro que llevaba, le daba un aire de sofisticación muy distinto al recuerdo que tenía de ella. Había estado tan irresistible aquel día, tan feliz por su amiga... Pero la desenfadada y joven dama de honor de aquella boda había madurado hasta convertirse en una reservada adulta que, evidentemente, no parecía precisamente feliz de volver a verlo. Pero aquello no había supuesto una sorpresa. De hecho, no le habría sorprendido que se hubiera negado a hablar con él.

Entretanto, Rose estaba leyendo la carta de su amiga con creciente decepción.

Cuando leas esto querrás pegarme, cariño, y no te culparé por ello. Fabio me despertó ayer por la mañana con flores, una preciosa pulsera de oro y dos billetes de avión para un viaje sorpresa a Nueva York para hoy mismo.

No te puedes imaginar el alivio que he experimentado. Había descubierto hacía unos días por casualidad los billetes y la reserva del hotel y llegué a la errónea conclusión de que Fabio me estaba engañando. Por eso te necesitaba tan desesperadamente.

Siento haber sido tan dramática y haberme comportado como una perfecta idiota. Estuve a punto de llamarte para que cancelaras el viaje, pero Fabio insistió en que no te vendrían mal unas pequeñas vacaciones. Yo estuve totalmente de acuerdo, así que tómatelo con calma, Rose, y disfruta un poco de la dolce vita *antes de volver a Inglaterra. Te lo mereces.*

En el pequeño sobre que te adjunto en la carta hay dinero para gastos, y Fabio se sentiría muy dolido si lo rechazaras. Si no se te ocurre otra cosa, compra regalos. Yo prometo ir a visitarte pronto.

Besos y abrazos, Charlotte.

–¿Malas noticias? –preguntó Dante.

Rose le dedicó una mirada aturdida.

–He venido para pasar unas pequeñas vacaciones con Charlotte, pero Fabio le tenía preparada una sorpresa y se la ha llevado a Nueva York –sonrió valientemente para encubrir su decepción–. Pero da igual. Siempre había querido visitar Florencia.

–Pero en compañía de tu amiga, no sola.

Rose captó un destello de compasión en los intensos ojos azules que habían invadido sus sueños y que tanto la habían afectado en el pasado. Se encogió de hombros filosóficamente.

–Preferiría estar con Charlotte, por supuesto, pero seguro que no me faltará qué hacer en una ciudad como Florencia, con su arquitectura y sus maravillosos museos.

–Pero supongo que eso tendrás que dejarlo para mañana –Dante alargó una mano y la apoyó sobre la de Rose–. Ahora es hora de cenar y, ya que Charlotte ha reservado una mesa para esta noche en el restaurante del hotel, me encantaría ocupar su lugar.

Rose retiró rápidamente la mano.

–¿Y no vas a traer a tu esposa contigo?

Dante se apoyó contra el respaldo del asiento y la miró con los ojos entrecerrados.

–Creo que olvidas que ya no tengo esposa.

–Oh. Yo... disculpa –agobiada, Rose se preguntó si la esposa de Dante habría muerto–. No lo sabía.

Dante alzó una ceja con expresión irónica.

–No me digas que Charlotte no te había contado que Elsa me dejó.

–No me lo había contado.

–La verdad es que me sorprende. Mi separación fue el tópico principal de conversación en la zona durante bastante tiempo –Dante se terminó su bebida de un trago antes de añadir–: Ahora que ya sabes que estoy solo y que llevo así varios años, ¿me concedes el honor de disfrutar de tu compañía esta noche?

Rose lo observó en silencio. Su primer instinto fue rechazar la oferta, pero lo cierto era que le intimidaba la idea de cenar sola en un entorno tan opulento y formal. Sin embargo, después de haber pasado años negán-

dose a volver a Italia por si se topaba con Dante Fortinari, lo más prudente sería pedir que le sirvieran la cena
a solas en su habitación. Su cerebro, que aún seguía fu-
rioso con él, le ordenó que lo rechazara sin contempla-
ciones, pero su corazón, el indisciplinado órgano vital
que la metió inicialmente en aquel lío, la impulsaba a
dejar a un lado su habitual prudencia. Y, como tonta
que era, aquello era lo que iba a hacer. Ya que no pensaba volver nunca más allí, ¿qué mal había en utilizar
un poco a Dante?

–Te está costando mucho decidirte –comentó Dante–.
¿Quieres contar con mi compañía o no?

–Sí, gracias –Rose lo miró con curiosidad–. ¿Cómo
es que has acabado haciendo de chico de los recados
para Charlotte?

Dante se encogió de hombros.

–Fabio se ofreció a entregar un paquete a un viejo
amigo mío de Nueva York y Charlotte me pidió este favor a cambio. Para mí ha sido un placer complacerla
porque así he podido verte de nuevo, Rose –dijo antes
de hacer una seña a un camarero para pedirle la carta.

–¿Tienes un lugar en el que alojarte en Florencia estos días? Recuerdo vagamente que vivías en una casa
familiar en los viñedos Fortinari.

–Ya no. Ahora tengo una casa a unos kilómetros de
nuestros viñedos en Fortino. Mi padre se ha retirado y
mi hermano, Leo, y yo dirigimos ahora el negocio. A él
se le da bien la producción y a mí la venta.

Rose asintió.

–Has hecho un largo viaje para entregar una carta.

–Viajar a Florencia siempre es un placer, sobre todo
si es para volver a verte.

–Me sorprende que me recuerdes después de tantos
años –replicó Rose con aspereza.

–Nunca te he olvidado –Dante dedicó a Rose la deslumbrante sonrisa que en su momento supuso el inicio de todo aquello–. Y ahora, ¿qué te apetece comer?

–¡Cualquier cosa que no tenga que cocinar yo! –bromeó Rose.

Dante la miró por encima de la carta.

–¿Vives sola?

–No. Comparto una casa cercana a la de mi madre.

–Recuerdo bien a tu madre, una mujer encantadora demasiado joven para ser tu madre.

–Eso es cierto –contestó Rose antes de volver a centrar la atención en su carta–. ¿Qué me recomiendas?

–Si te apetece pescado, el salmón está muy bueno, pero también hay carne.

–Creo que tomaré el salmón.

Mientras Dante hacía el pedido al camarero, Rose lamentó no poder hablar italiano. Cuando Dante le preguntó si quería vino, decidió que más le valía ceñirse al agua.

–Recuerdo que bebiste champán cuando nos conocimos –le recordó Dante–. Estabas encantadora con el vestido que llevabas.

–Eso fue hace mucho tiempo –dijo Rose con frialdad.

–¿No recuerdas la ocasión con placer?

–Claro que sí. A fin de cuentas, fue el día de la boda de Charlotte. Recuerdo muy bien lo eufóricas que estábamos.

Cuando terminaron de cenar, Dante sugirió que fueran al bar a tomar el café.

–¿Te apetece un coñac con el café?

–Ya que no he bebido con la comida, creo que tomaré un poco –dijo Rose, pensando que no le iría mal.

Tras tomar un trago de la fuerte bebida se sintió un

poco más relajada para observar a Dante sin que le entraran ganas de golpearlo. Parecía bastante más mayor y endurecido que el joven encantador y efervescente que hizo que la boda de Charlotte fuera tan memorable para la dama de honor.

–Estás muy callada –comentó Dante.

–Ha sido un día lleno de acontecimientos.

–Háblame de tu vida, Rose.

–Trabajo como contable desde mi casa.

–¿Acabaste la carrera?

–No, aunque habría resultado muy útil hacerlo –dijo Rose rápidamente antes de cambiar de tema–. Sé que es un poco tarde para decirte esto, pero lamenté enterarme de la muerte de tu abuela.

–Gracias. La echo mucho de menos.

–¿Y echas de menos también a tu esposa?

–No. En absoluto –la mirada de Dante se endureció de forma evidente–. Mi matrimonio fue un error. Cuando Elsa me dejó por otro hombre mi hermano me dijo que debería dar las gracias al cielo por haberme librado de ella. Leo tenía mucha razón.

–Resultó curioso que olvidaras mencionar a Elsa cuando nos conocimos –dijo Rose, mirándolo a los ojos.

Dante hizo una mueca de desagrado.

–No olvidé hacerlo. Me negué a permitir que su recuerdo estropeara el rato que pasé contigo. Estaba muy enfadado porque Elsa se había negado a cancelar una sesión de fotos para acompañarme a la boda de Fabio.

–Y decidiste desahogarte conmigo.

–¡Eso no es cierto, Rose! Disfruté enormemente con tu compañía. ¿Es demasiado tarde para disculparme por el modo tan repentino en que te dejé?

–Lo comprendí perfectamente cuando supe que tu abuela había muerto –dijo Rose sin apartar la mirada–.

Pero no me sentí tan comprensiva cuando me enteré de la existencia de Elsa.

La mandíbula de Dante se tensó visiblemente mientras hacía un gesto al camarero.

–Necesito otro coñac. ¿Y tú?

–No, gracias –dijo Rose a la vez que se ponía en pie–. Estoy un poco cansada, así que...

–¡No! –Dante se levantó rápidamente de su taburete–. Aún es pronto. Quédate un rato más conmigo, Rose, por favor.

Rose lo miró un momento y asintió a la vez que volvía a sentarse.

–No creo que te convenga beber más si vas a conducir. Te espera un largo viaje.

–No voy a conducir. He reservado una habitación aquí para esta noche, así mañana podré ser tu guía en la ciudad.

–¿Te ha pedido Charlotte que te ocupes de mí?

–No. Ha sido idea mía. Pero no importa. Si no te apetece estar conmigo, me iré por la mañana.

Rose pensó que aquello sería lo más conveniente. Pero era una extranjera en una ciudad que no conocía y además no hablaba italiano, de manera que resultaría muy práctico aprovechar la oferta de un nativo. Después de todos los problemas que le había causado, no estaría mal que también le resultara de alguna utilidad.

–Creo que aceptaré tus servicios como guía, Dante. Gracias.

–¡Será un placer, Rose! –Dante apoyó una mano sobre la de Rose y la miró con calidez–. Me esforzaré para que tu estancia en Florencia resulte memorable.

No tendría que esforzarse demasiado. A pesar de su enfado inicial al verlo, Rose solo había necesitado unos minutos en su compañía para recordar lo poco que le costó enamorarse de él todos aquellos años atrás. Fue un compañero encantador y atento que mostró indicios inconfundibles de compartir sus sentimientos el día de la boda de Charlotte, lo que hizo que resultara aún más devastador enterarse después de que estaba prometido. Como reacción, Rose lo apartó de inmediato de su mente y fingió no haberlo conocido nunca. Al ver que se negaba a escuchar cada vez que Charlotte mencionaba su nombre, esta había optado por dejar de hacerlo. Sin embargo, Charlotte había enviado a Dante al hotel para que le entregara su carta. Iba a tener que hablar seriamente con su amiga la próxima vez que se vieran.

–¿No resultará aburrido para ti enseñarme una ciudad que ya conoces? –preguntó a la vez que retiraba la mano.

–Florencia me parecerá un lugar nuevo visto a través de tus ojos. ¿Por qué no habías venido nunca aquí? Esperaba que hubieras vuelto alguna vez, pero nunca lo hiciste.

–Resulta demasiado complicado viajar con el trabajo. Además, veo a menudo a Charlotte cuando viaja para visitar a su padre.

–Charlotte me contó que su padre comparte su vida con tu madre. ¿Te gusta que sea así?

–Desde luego. Son felices juntos.

–En la boda noté que tu madre y tú estabais muy unidas. Yo tengo la suerte de conservar a mis dos padres, pero no a mi abuela. La adoraba y la echo mucho de menos –la mirada se Dante se iluminó con una repentina emoción–. Fue la noticia de que se estaba muriendo lo que hizo que tuviera que marcharme de forma tan inesperada aquella noche, ¿lo comprendes? Afortunadamente llegué a tiempo de tomarla de la mano y despedirme de ella antes de que... nos dejara.

–Me alegro por ti –dijo Rose con suavidad, aunque

en su momento no se creyó una palabra de aquella historia, incredulidad que quedó justificada al día siguiente cuando se enteró de la existencia de Elsa.

–Nonna me dejó en herencia su casa –la mirada de Dante se ensombreció visiblemente–. Al principio no quise utilizarla, pues estaba llena de demasiados recuerdos, pero mis padres insistieron hasta que me animé a vivir en ella.

–¿Solo? ¿Aún no has encontrado sustituta para Elsa?

Dante arqueó una de sus morenas cejas.

–¿Crees que eso es fácil para mí?

–No creo nada porque nunca pienso en ti –Rose se encogió de hombros–. A fin de cuentas, solo nos vimos una vez.

–Y tú nunca has recordado con placer esa ocasión, ¿no?

–Oh, sí, claro que sí. Pasé un gran día contigo. Pero dejé de pensar en ti en cuanto me enteré de que estabas comprometido –Rose sonrió con dulzura y se puso en pie–. Y ahora necesito irme a la cama.

Dante la acompañó hasta el ascensor.

–Será un placer pasear mañana contigo por Florencia. ¿Cuándo regresas?

–El martes por la mañana.

–¡Tan pronto! –Dante frunció el ceño–. Eso nos da un solo día para hacer turismo. Tendremos que quedar temprano para desayunar.

–Pensaba pedir que me lo subieran a....

–No, no –Dante negó enfáticamente–. Te llevaré a desayunar a la *Piazza della Signora*. ¿Quedamos aquí a las nueve?

Rose asintió.

–Será un placer poder dormir un poco más de lo habitual.

–¿Madrugas mucho para trabajar?

–Demasiado –Rose sonrió educadamente mientras pulsaba el botón de su planta en el ascensor–. ¿Y tú?

–Lo mismo –Dante le mostró la llave con el número de su habitación–. Si no puedes dormir bien puedes llamarme y vendré enseguida.

Rose le dedicó una mirada gélida.

–Eso no va a pasar, Dante.

–¡Qué lástima! –cuando se detuvieron ante la puerta de la habitación de Rose, Dante abrió la puerta y se apartó para dejarla pasar con una reverencia–. Y ahora cierra tu habitación para que me asegure de que estás a salvo.

Rose asintió obedientemente.

–Gracias por tu compañía, Dante.

Dante frunció los labios.

–¿Porque ha sido mejor que ninguna?

Rose dejó que su silencio hablara por ella mientras cerraba la puerta del dormitorio.

Una vez en su habitación, Dante se encaminó directamente al balcón a contemplar el Arno. Rose Palmer era muy distinta a la chica de la que se enamoró más y más según fueron pasando las horas de aquel memorable día. A pesar de la triste noticia de la muerte de su abuela, y de lo repentinamente que tuvo que irse, le resultó imposible dejar de pensar en ella. Se prometió disculparse con Rose en persona en cuanto fuera a visitar a los Vilari, pero Rose no había regresado a Italia desde entonces.

No le extrañó que al principio se hubiera mostrado tan hostil con él. Sonrió con ironía, consciente de que Rose solo había aceptado su oferta porque era preferible a pasar sola el poco tiempo de que disponía para conocer Florencia. Debía hacer todo lo posible para que disfrutara de su breve estancia antes de regresar a sus libros de contabilidad. Movió la cabeza con pesar. ¿Acaso no podía dedicarse a hacer algo más interesante con su vida?

A pesar de haberse acostado convencida de que no iba a pegar ojo, Rose se quedó dormida en cuanto apoyó la cabeza en la almohada. Cuando se despertó, el sol de la mañana invadía la habitación. Sobresaltada, se irguió en la cama para tomar su teléfono, y sonrió aliviada al ver un mensaje de su madre.

Todo va perfectamente, cariño. Que disfrutes de un día encantador.

Animada, Rose le envió una agradecida respuesta y luego se estiró a placer en la cama, sintiéndose realmente descansada. Cuando se levantó, se puso la bata, salió al balcón y alzó el rostro hacia el sol. Ya que estaba allí, haciendo lo último que habría esperado hacer, el orgullo la impulsó a ponerse lo más presentable posible para acudir a su cita con Dante Fortinari.

Como se había imaginado a lo largo de aquellos años, Dante había cambiado. Ya no era el guapísimo joven que recordaba. Había madurado y, ya en la treintena, su moreno atractivo había adquirido una dimensión extra... algo a lo que las díscolas hormonas de Rose habían reaccionado de inmediato, a pesar de que el resto de su cuerpo lo desaprobara. De manera que, dado que el destino, o más bien Charlotte, había vuelto a reunirlos, pensaba utilizar a su escolta al máximo durante aquel día... para olvidarlo por completo una vez más al siguiente.

Teniendo en cuenta todo aquello, eligió unos vaqueros rosas, una blusa blanca y unos zapatos sin tacón adecuados para pasear. Después se puso unos pequeños aros de oro en las orejas y se sujetó el pelo en un moño trasero con un pasador.

Dante la estaba esperando en el vestíbulo y la mirada que le dedicó hizo que el rato que había pasado preparándose mereciera la pena.

–*Buongiorno*, Rose. ¡Estás encantadora!

También lo estaba él. Rose alzó una ceja mientras se fijaba en sus pantalones claros de lino y en su camisa azul.

–Gracias. Veo que no llevas el traje de ayer. ¿Has estado de compras?

–Siempre suelo llevar una muda en el coche.

–¿Por si surge algo alguna noche y tienes que dormir fuera?

–No es lo que crees, *cara*. Lo hago para impresionar a los clientes. Aquí en Italia la imagen lo es todo –Dante bajó la mirada hacia los pies de Rose y asintió–. Bien. Veo que vienes preparada para caminar.

–Siempre –Rose volvió la mirada hacia el río mientras avanzaban por la acera–. Aunque no siempre puedo pasear por un sitio como este.

–Pero la ciudad en la que vives es bastante agradable, ¿no?

–Sí, pero es genial poder alejarse unos días de ella. Solo estuve fuera la época en que estudié en la universidad.

–Creo recordar que no acabaste tus estudios de contabilidad, ¿no?

–No –contestó Rose, que, para cambiar de tema, señaló los edificios junto a los que estaban pasando–. Hable, señor guía. Háblame de toda esta increíble arquitectura.

Dante la complació y fue hablándole de los edificios junto a los que pasaban hasta que se apartaron del Arno para ir a la Piazza della Signora, en la que se hallaba el famoso *palazzo* Veccio, sede del ayuntamiento de Florencia.

–Después podrás ver todas las estatuas que quieras –dijo Dante mientras se sentaban a una mesa de una de las terrazas que daba a la plaza–. Ahora hay que desayunar para estar en forma. Después te compraré una guía para que puedas enseñar a tu madre todo lo que has visto –tras hacer una seña a un camarero, añadió–: ¿Te apetece un zumo de naranja para empezar?

Rose asintió mientras su mirada deambulaba por las innumerables estatuas que adornaban la plaza con una punzada de envidia.

–Acabas de dirigirme una mirada muy fría –dijo Dante con una sonrisa.

–Estaba pensando en el privilegio que supone vivir en un sitio como este. Probablemente ya darás por sentadas todas las maravillas que te rodean.

–No creas. A fin de cuentas no vivo en la ciudad, de manera que me siento maravillado cada vez que vengo –Dante señaló de forma general la plaza–. Las estatuas que hay por toda la ciudad son algo más que mera decoración. El gran Neptuno blanco de la fuente rodeado de ninfas conmemora las victorias navales de la antigua Toscana.

–¿Y qué me dices del sexy Perseo que sostiene la cabeza cortada de Medusa? ¡Menudos músculos!

Dante se rio.

–Es un Medici advirtiendo a sus enemigos, mientras que la reproducción del *David* de Miguel Ángel representa el triunfo de la República sobre la tiranía –explicó mientras el camarero les servía el desayuno.

Rose se tensó cuando su teléfono sonó. Leyó el mensaje de texto, respondió rápidamente y lo guardó en su bolso.

–Lo siento. Era uno de mis clientes –dijo, y dedicó una radiante sonrisa al camarero que le estaba sirviendo el café–. *Grazie*.

–*Prego!* –contestó el joven camarero. Su ferviente sonrisa hizo que Dante frunciera el ceño.

–Es una suerte que esté aquí contigo –murmuró cuando se quedaron a solas.

–¿Por qué?

–Porque así puedo mantener tu belleza a salvo de los admiradores.

–No creo que se pueda hablar de mi belleza. Soy razonablemente atractiva cuando me esfuerzo en ello.

–Eres mucho más que simplemente atractiva, Rose –dijo Dante enfáticamente–. Y ahora, ¿qué te parece si pago y empezamos a recorrer Florencia?

–¿Te importa que pague yo? –preguntó Rose, incómoda.

–*Cosa?* –preguntó Dante sin ocultar su asombro.

–Vas a dedicarme tu tiempo para enseñarme la ciudad –dijo Rose, ruborizada–. No puedo esperar que también te dediques a pagarlo todo.

–Es mi privilegio, además de un gran placer –contestó Dante en un tono que no admitía réplica.

–Siento que te estoy imponiendo mi presencia.

–No es así –dijo Dante mientras avanzaban entre la multitud de turistas que ya deambulaban por la plaza–. La última vez me vi obligado a dejarte sin apenas poder disculparme. Puede que esta vez te caiga mejor después de que nos despidamos mañana.

–Estás siendo tan amable que no podría ser de otro modo –dijo Rose antes de detenerse ante la estatua de

Perseo con su espeluznante trofeo–. ¡Guau! La había visto en varios libros de arte, pero la realidad del bronce supera cualquier imagen.

–Cellini era un gran maestro –explicó Dante mientras avanzaban hacia la siguiente estatua–. Y también lo era Giambologna, autor de *El rapto de las sabinas*, escultura labrada a partir de un solo bloque de mármol. Y ahora vamos a Bargello, que en otra época fue una prisión y que ahora es un museo escultórico. El *David* de bronce de Donatello está allí. Seguro que te encanta. Y no puedes irte de Florencia sin haber acudido a la Academia para ver la estatua más maravillosa de todas, el *David* de Miguel Ángel.

Rose tuvo que darle la razón un rato después. Tan solo necesitó echar una mirada al *David* de Donatello para enamorarse perdidamente de la estatua.

–Recuerdo haberla visto en una ocasión en un programa de televisión –dijo con una sonrisa–. ¡La atractiva mujer que estaba a cargo de su restauración no pudo evitar deslizar una mano por su trasero!

Dante se rio a la vez que la tomaba de la mano.

–Veo que tampoco has cambiado tanto, *bella*. Y ahora será mejor que vayamos a la Academia, que suele estar abarrotada de turistas.

Como Dante había previsto, tuvieron que hacer una larga cola para acceder al museo, pero, una vez ante la monumental estatua blanca del *David* de Miguel Ángel, Rose decidió que la espera había merecido la pena.

–¿Estás impresionada? –le murmuró Dante al oído.

–¿Cómo no iba a estarlo? –reacia, Rose apartó la mirada de la estatua–. Muchas gracias por haberme traído aquí.

–Para mí ha sido un placer hacerlo, Rose. Y ahora, si has mirado lo suficiente a David, iremos a comer algo para reponer fuerzas. ¿Quieres que volvamos al café Rivoire, o prefieres que vayamos a otro sitio?

–El Rivoire me ha encantado, pero me bastará con un café y un tentempié.

–Lo que tú quieras, Rose.

Capítulo 2

DANTE notó que Rose no dejaba de lanzar miradas a su móvil mientras permanecían sentados a la mesa del café.

–¿Esperas una llamada de tu amante? –preguntó finalmente.

–Lo siento. De vez en cuando compruebo si tengo algún mensaje de algún cliente –mintió Rose, que no pensaba decirle que lo que hacía en realidad era mirar si había algún mensaje sobre su hija. Guardó el teléfono en el bolso con un escalofrío. ¿Reclamaría Dante a Bea si llegara a enterarse de su existencia? No estaba dispuesta a compartir a su hija con él. Bea era suya y solo suya.

–Pareces tensa. Olvida el trabajo por un día –dijo Dante–. Disfrutemos del tiempo que podemos estar juntos. Ahora convendría que fueras a descansar un rato en tu cuarto. Luego podemos hacer lo que quieras.

Rose se obligó a sonreír y le aseguró que no quería perder el tiempo descansando, pero, después del chocolate caliente que se tomó, la idea de Dante no le pareció tan mala.

–*Bene* –dijo Dante mientras se encaminaban al hotel–. Esos preciosos ojos parecen cansados. ¿Quedamos en el vestíbulo a las tres?

–No quiero hacerte perder todo el día. Si tienes otras cosas que hacer...

–¿Qué podría hacer mejor que pasar el tiempo contigo?

–Si estás seguro... –Rose no pudo contener un bostezo y Dante se rio.

–¿Lo ves? Te vendrá bien descansar un poco.

Rose asintió.

–Sospecho que si pasara una temporada en Florencia acabaría volviéndome muy vaga.

–Es bueno vaguear de vez en cuando, Rose. Nos vemos aquí a las tres.

–Aquí estaré.

Tras descansar un rato, Rose tomó una ducha, se cambió de blusa y bajó a las tres en punto al encuentro de Dante. Cuando vio que se le iluminaban los ojos al verla, su indisciplinado corazón latió más rápido.

–¿Has dormido un rato? –preguntó Dante a la vez que la tomaba de la mano.

–Me he tumbado un rato y luego me he duchado. ¿Adónde vamos ahora? –preguntó mientras salían del hotel.

–A mirar tiendas, naturalmente.

La primera parada fue en el *ponte* Vecchio, donde había muchos puestos de joyas. Pero, tras comprobar los elevados precios, Rose optó por una tienda de corbatas de seda.

–¿Quieres un regalo para algún amigo? –preguntó Dante.

–Es para Tom, el padre de Charlotte –dijo mientras señalaba una corbata de color bronce con motas negras–. ¿Qué te parece esa?

–Una buena elección. ¿Qué le vas a comprar a tu madre?

–Creo que algún pañuelo de seda. ¿Cuál te gusta?

Dante señaló un pañuelo de tonos parecidos al de la corbata.

–¿Qué te parece ese?

Rose se quedó bastante contenta con sus compras, convencida de que habría pagado bastante más sin la ayuda de Dante. Después se dedicaron a mirar varios escaparates y finalmente acudieron a La Rinascente, unos grandes almacenes en los que Rose se podría haber pasado todo el día.

–¿Qué te parece si ahora vamos a tomar un helado en el Bar Vivoli Gelateria? –sugirió Dante–. Tienen los mejores helados del mundo.

–¡Esa es una oferta irresistible! –Rose se rio y vio que la mirada de Dante se animaba visiblemente–. ¿Qué pasa?

–¡Por fin vuelvo a escuchar tu risa! Por un instante he vuelto a ver a la jovencita Rose.

–Me temo que solo ha sido una fugaz ilusión, Dante.

Una vez en la heladería, Rose puso los ojos en blanco tras probar el helado de fresa que había pedido.

–¡Está delicioso! ¿Tú no tomas nada, Dante?

–No soy demasiado aficionado a los helados. ¿Vas a querer hacer alguna compra más o prefieres que vayamos a ver la iglesia de Santa Croce?

–Me encantaría, pero creo que será mejor dejarlo para otra ocasión –dijo Rose, consciente de que no habría otra ocasión–. ¿Volvemos al hotel?

–Como quieras, Rose. ¿Dónde te gustaría cenar esta noche?

De manera que Dante quería volver a cenar con ella.

–¿Por qué no cenamos de nuevo en el hotel? –sugirió Rose, irritada consigo misma ante el placer que le produjo la perspectiva de cenar con él.

Dante frunció el ceño.

–Si es lo que quieres... Pero hay muchos restaurantes en Florencia. Uno de mis favoritos está aquí, en Santa Croce. Podemos tomar un taxi si estás cansada y decidirlo un poco más tarde.

Rose asintió.

–Muy bien.

–En ese caso, nos vemos a las nueve.

–Estaré lista. ¿Tú también vas a descansar un rato?

Dante asintió.

–También tengo que hacer algunas llamadas de trabajo. *Ciao*.

Una vez de regreso en el hotel, y tras haberse asegurado de que Dante había ido a su habitación, Rose volvió a salir y se encaminó de nuevo a la *Piazza della Repubblica* para comprar alguna de las cosas que había visto en los grandes almacenes. Era el dinero de Fabio el que estaba gastando, pero estaba segura de que le parecería muy bien que se lo gastara en regalos para Bea.

Cuando regresó, guardó los paquetes con los regalos en la maleta y miró los mensajes de su móvil. Había uno de su madre, breve pero reconfortante, y otro de Charlotte. Se notaba que su amiga estaba tan feliz que fue incapaz de reprimir una punzada de envidia antes de entrar en la ducha. Cuando se metió en la cama se quedó tan profundamente dormida que fue necesario el sonido del teléfono para despertarla.

–Contabilidad Willow House –murmuró adormecida al despertar, y se mordió el labio inferior al escuchar al otro lado de la línea la cálida risa de Dante.

–Estás en Florencia, *cara*. ¡Está claro que has dormido bien!

Rose reprimió un bostezo y se irguió como una exhalación al ver la hora en su reloj.

–Muy bien. ¡Y demasiado rato!

–Eso está bien. Es evidente que lo necesitabas. Si quieres, sigue durmiendo un rato.

–No. Dame media hora para prepararme.

–De acuerdo. Llamaré a tu puerta en media hora.

Rose se levantó rápidamente y fue a maquillarse. Lamentando no tener otra cosa que ponerse que su útil vestido negro, decidió añadir a su atuendo el pañuelo que había comprado para su madre.

–Estás deslumbrante, *cara* –dijo Dante cuando le abrió la puerta un rato después.

–Es sorprendente lo que puede hacer una pequeña siesta por una chica –dijo Rose con una sonrisa culpable–. He pensado que a mi madre no le importará que utilice una vez su pañuelo, pero debo tener mucho cuidado de no ensuciarlo... para empezar, se acabaron los helados.

–Si se ensuciara, yo te compraría otro. ¿Has decidido ya si quieres cenar aquí, o prefieres ir a una zona más animada a la que suelen acudir a comer los florentinos?

–A la zona más animada, desde luego. Y no me importa nada tener que caminar.

–En ese caso, voy a llevarte a un restaurante cercano al bar en el que has tomado el helado. Es un lugar sencillo y muy popular que siempre está abarrotado.

–Parece un buen plan. Adelante.

El paseo con Dante en el tranquilo y plácido ambiente del atardecer de Florencia resultó peligrosamente agradable. Rose decidió que, por una noche como aquella, fingiría que solo se trataba de un amigo con el que estaba disfrutando de la tarde en lugar de del hombre que en una ocasión le rompió el corazón y puso toda su vida patas arriba.

El restaurante estaba abarrotado, pero el camarero les buscó un lugar en el alargado comedor de paredes naranjas lleno de risas, charla y gente gesticulando, ambiente que encantó a Rose.

Dante pidió una botella de vino y otra de agua mineral y observó divertido cómo estaba disfrutando Rose de la proximidad de los demás comensales.

–Me siento mucho más a gusto en este ambiente que en el del restaurante del hotel –dijo Rose con satisfacción mientras se fijaba en lo que estaban comiendo sus vecinos de mesa–. ¿Me vas a ayudar a elegir?

Dante se inclinó hacia ella para traducirle la carta. Rose eligió una mezcla de pescados a la parrilla con espinacas.

–No cocino mucho pescado en casa, de manera que esto es algo especial para mí. ¿Qué vas a tomar tú?

–Lo mismo que tú –Dante asintió cuando el camarero le enseñó la botella de vino que había elegido–. *Grazie*. Me gustaría que probaras el vino y me dieras tu opinión, Rose.

Rose tomó un sorbo de su vaso cuando se lo sirvió y asintió.

–Umm –dijo con gusto–. Está buenísimo. ¿Qué vino es?

–Un Fortinari Classico –dijo Dante con evidente orgullo–. Me ha sorprendido que lo tuvieran aquí.

–Lo que significa que será carísimo –Rose tomó otro sorbo de su vaso–. Ya entiendo por qué. Pero estoy haciéndote gastar demasiado, Dante. Por favor, deja que...

–¡Ni hablar! Verte disfrutar de la cena ya es suficiente recompensa.

–Estoy disfrutando con todo –Rose miró en torno al abarrotado restaurante–. Me encanta este sitio. *Grazie* –añadió cuando el camarero le sirvió su plato.

Dante se rio cuando vio que lo olfateaba con evidente placer.

–Espero que lo disfrutes.

–Pienso hacerlo. La verdad es que estoy hambrienta.

–Y ahora háblame de la casa en que vives –dijo Dante cuando terminaron de cenar y Rose rechazó el postre a cambio de un café.

–Es la casa en la que crecí. Mi madre la puso a mi nombre cuando se trasladó a vivir con Tom. Él quiere casarse, pero mi madre es feliz tal como están y teme que la formalización de su relación cambie las cosas.

–Tu madre es muy lista –dijo Dante.

Rose lo miró con expresión interrogante.

–Supongo que te quedaste destrozado cuando te dejó tu mujer.

Dante se rio sin humor.

–No, claro que no. Como siempre, mi hermano estaba en lo cierto. Afortunadamente, pude escapar. Pero disculpa, Rose. No creo que te interese el asunto.

–Claro que me interesa. ¿Sigue Elsa con el hombre por el que te dejó?

–Sí. Enrico Calvi es lo suficientemente mayor como para ser su padre, pero tiene tanto dinero que Elsa puede permitirse una vida de lujo total.

–¿Y eso era lo que quería?

–Oh, sí –Dante sonrió con ironía–. Modelos más jóvenes, con cuerpos más jóvenes, estaban empezando a quedarse con los mejores trabajos. Elsa se alegró de poder dejar su carrera mientras aún era conocida como una supermodelo.

–¿Sigue siendo guapa?

Dante asintió con total desinterés.

–No he vuelto a verla desde que se fue, pero Elsa estaba obsesionada con su aspecto y dudo mucho que haya cambiado en eso. Calvi tiene hijos de un matrimonio anterior y no creo que quiera más bebés que puedan estropear el perfecto cuerpo de su esposa trofeo. Elsa esperó hasta la noche de bodas para decirme que no tenía ninguna intención de ser madre. Pero ya basta de hablar de Elsa –Dante dedicó a Rose una intensa mirada–. Ahora tengo que llevarte de vuelta al hotel, Rose. Ojalá pudieras quedarte más tiempo.

–Me temo que no es posible.

–Es una lástima. Por la mañana te llevaré al aeropuerto, a menos que prefieras hacer el viaje en tren –dijo Dante mientras hacía una seña a un camarero para que le llevara la cuenta.

–Prefiero que me lleves tú, desde luego, pero no quiero robarte más tiempo.

–No tendré que desviarme mucho de mi propio trayecto, y así podré estar un rato más contigo. Pero esta no va a ser una despedida, Rose. Pienso ir a verte cuando vuelva a Inglaterra.

El corazón de Rose latió más deprisa, pero no dijo nada. Cuando llegaron de regreso al hotel, se detuvo al pie de las escaleras y miró el atractivo rostro de Dante.

–He pasado un día encantador, Dante. Muchas gracias. No es algo que suceda habitualmente en mi vida.

–Sin embargo, Charlotte me ha dicho que sales con alguien.

–Es un amigo de la época de la universidad.

–Pero supongo que algún día querrás casarte, ¿no?

–Lo dudo.

Dante abrió la puerta para dejarla pasar.

–Cuando ves a Charlotte y a Fabio juntos, ¿no te gustaría tener una relación parecida? –preguntó mientras se encaminaban hacia el ascensor–. Siempre he envidiado su matrimonio.

–Son muy afortunados.

Dante se detuvo cuando llegaron ante la puerta de la habitación de Rose.

–Aún es temprano. Me encantaría sentarme un rato en el balcón y charlar un rato más contigo como viejos amigos. Podemos pedir que nos suban un té. ¿Qué te parece?

Rose lo miró un momento en silencio.

–De acuerdo –asintió con una sonrisa–. Pero solo porque has dicho la palabra mágica.

–¿Te refieres a la palabra «amigos»?

–No. ¡Me refiero a la palabra «té».

Dante se rio mientras entraban y fue directamente al teléfono para llamar al servicio de habitaciones. Después de que un camarero llegara con las bebidas en una bandeja, Dante le dio una propina y luego salió con Rose a sentarse en el balcón.

–¿De qué quieres que hablemos? –preguntó ella tras tomar su taza.

–De ti, Rose. Cuéntame cómo pusiste en marcha tu propio negocio de contable.

–Traté de conseguir algún trabajo en grandes empresas, pero no lo conseguí, de manera que decidí establecerme por mi cuenta. Hice un curso oficial a distancia de dieciocho meses que logré terminar en seis. Mi madre supuso una gran ayuda durante aquella época, y también Tom. También tuve que hacerme con una licencia para ejercer... –Rose se interrumpió y se mordió el labio inferior–. Probablemente te estoy aburriendo con este rollo.

Dante negó enfáticamente con la cabeza.

–En absoluto. De hecho, estoy impresionado. No es normal que alguien tan joven muestre tanta tenacidad y capacidad de esfuerzo.

–Tuve mucho apoyo. Contando con mi madre, con Tom y con una casa propia en la que pude utilizar una habitación como despacho me las arreglé para conseguir rápidamente el certificado. Ahora divido mi tiempo entre el trabajo en casa y acudir a pequeños negocios a los que les llevo la contabilidad y que suelen proporcionarme otros clientes.

–¿Vives bien de tu trabajo?

–Lo suficiente como para ir tirando y devolver a mi madre el préstamo que me hizo para que terminara mis estudios –Rose tomó un sorbo de té antes de añadir–. Ahora ya lo sabes todo sobre mí, Dante.

–Creo que no. Espero averiguar muchas más cosas, pero no esta noche. Ahora será mejor que me vaya y te deje dormir –Dante tomó la mano de Rose y se la llevó a los labios–. *Bunonanotte*. Nos vemos por la mañana. Ya que tienes que levantarte pronto, ¿te gustaría que te subieran el desayuno a la habitación?

Rose asintió.

–¿Te encargarás de pedirlo por mí?

–Por supuesto. Y te llamaré por teléfono cuando llegue la hora de salir –Dante se encaminó hacia la puerta y se volvió con una sonrisa antes de salir–. Y ahora echa el cierre, *per favore*.

Rose pasó una noche inquieta tras la conversación que había tenido con Dante. Si en algún momento llegara a descubrir que Bea era suya, ¿qué haría? ¿Y qué haría ella? Acabó por quedarse dormida, pero se despertó temprano y para cuando le subieron el desayuno ya estaba lista para irse.

El teléfono no tardó en sonar.

–*Buongiorno,* Rose –saludó Dante.

–Buenos días. Ya estoy lista. Solo tengo que ocuparme de la cuenta.

–Subo ahora mismo.

Cuando Rose abrió la puerta, Dante sonrió al verla en vaqueros y una cazadora.

–Pareces tan joven como una estudiante –dijo mientras tomaba su bolsa de viaje–. Voy a guardar el equipaje y te espero en el coche mientras terminas aquí.

–Por supuesto. Saldré enseguida.

Armada con su tarjeta de crédito, Rose fue a recepción a pedir la cuenta.

–Ya fue abonada por adelantado –le informó el recepcionista a la vez que le alcanzaba un recibo–. El señor Fortinari la espera fuera, en el coche. Confío en que su estancia haya sido agradable.

–Desde luego que lo ha sido –contestó Rose con una sonrisa–. Adiós y gracias por todo.

–*Arrivederci*, y que tenga un buen viaje, señorita Palmer.

Rose olvidó sus preocupaciones por el recibo en cuanto salió y vio el coche que la aguardaba a los pies de la escalinata. Era rojo y tan atractivo como el hombre que saltó del asiento del conductor cuando la vio.

–¡Guau, Dante! Vaya coche.

–Es el único capricho que me permito. Es un coche deportivo, pero también resulta muy práctico. Tiene tracción a las cuatro ruedas, lo que me resulta muy útil en ciertas zonas del país. ¿Te gusta?

–¿Cómo no iba a gustarme? Además, está claro que es el amor de tu vida –Rose se rio mientras Dante arrancaba–. ¿Qué más puede pedir un hombre?

Dante la miró de reojo mientras se alejaban.

–Todo lo que una máquina no puede hacer por él.

Molesta consigo misma al notar que se había ruborizado, Rose no contestó y decidió limitarse a disfrutar del viaje.

–Esto supone una gran mejora respecto al viaje en tren –comentó mientras entraban en la autopista–. Cuando vine traté de concentrarme en el paisaje, pero me resultó imposible.

–¿Por qué?

–Tuve que reorganizar muchas cosas de mi trabajo para poder venir y estaba realmente cansada.

–Si tu madre ha tenido que ocuparse de todo mientras has estado fuera, seguro que le alegrará que vuelvas. Me imagino que tienes una relación muy estrecha con ella, ¿no?

–Sí, aunque las dos tenemos mucho carácter y a veces chocamos.

–Mi madre solía tener muchas discusiones con mi hermana, Mirella, pero ahora que tiene varios nietos solo se pelean cuando los mima demasiado.

–¿Cuántos sobrinos tienes?

–Cinco. Mirella y Franco tienen dos niños y una niña, y Leo y Harriet tienen un niño y una niña.

–¿Harriet? –preguntó Rose, extrañada por el nombre.

–La esposa de mi hermano es inglesa. Estoy seguro de que te caería bien.

–¿Cómo se conocieron? –preguntó Rose, intrigada.

–Es una historia peculiar que pienso dejar para la próxima vez que nos veamos. Ahora será mejor que me concentre en conducir porque hay demasiado tráfico.

Dante insistió en esperar en el aeropuerto hasta que Rose tuviera que embarcar y mientras anotó sus señas y su número de teléfono.

–Iré a Londres el mes que viene a ver a Luke Armytage, un viejo amigo mío dueño de una importante cadena de bodegas–. Quiero verte, pero antes te llamaré para asegurarme de que estás libre.

–Adiós, Dante –Rose le dedicó una radiante sonrisa cuando llamaron a los pasajeros de su vuelo–. Y gracias de nuevo por todo.

–*Prego* –sin previa advertencia, Dante la tomó entre sus brazos y la besó en los labios. Alzó un momento la cabeza para mirar los sorprendidos ojos de Rose y volvió a besarla hasta que ambos se quedaron sin aliento–. *Arrivederci*, Rose.

Sin fiarse de su voz, Rose sonrió temblorosamente y giró sobre sí misma para alejarse.

Dante siguió mirándola mientras se alejaba y sonrió con ironía al comprender que no iba a volverse.

El viaje de regreso fue cansado. Rose se pasó todo el tiempo tratando de convencerse a sí misma de que no corría peligro de volver a enamorarse de Dante Fortinari a pesar del eléctrico beso que habían compartido y que, obviamente, le había afectado tanto a él como a ella. Pero no podía permitirse bajo ningún concepto volver a contar con él en su vida. De lo contrario se vería obligada a contarle la verdad sobre Bea y a revelarle a su madre quién era el padre de su nieta. Entonces se enterarían Tom, Charlotte, Fabio y todo el mundo.

Para cuando tomó el tren en Birmingham ya había decidido que no podía permitir que sucediera nada parecido en su organizada vida. Si Dante la llamaba para volver a verla, elegiría el camino de los cobardes y se negaría.

Capítulo 3

CUANDO el taxi se detuvo ante Willow House, la puerta de la casa se abrió mientras Rose pagaba al taxista. Una niña pequeña vestida con unos vaqueros y una camiseta salió corriendo seguida de la alta figura de Tom Morley. Rose dejó de inmediato su bolsa de viaje en el suelo para abrazar y besar a su hija.

–¿Dónde has estado, mami? ¡Hace un montón de noches que no duermes en tu cama!

–Solo han sido dos noches, cariño. ¿Te has portado bien?

Bea asintió, feliz.

–Muchas veces –dijo a la vez que tomaba a su madre de la mano y tiraba de ella hacia la casa–. Vamos. La abuela y yo hemos cocinado.

–Los pasteles huelen deliciosos –dijo Tom, que se hizo cargo de la bolsa tras besar a Rose en la mejilla–. Pareces cansada, pequeña.

–Solo por el viaje –Rose sonrió al ver que su madre también salía a recibirla–. ¿Cómo estás, mamá?

Grace abrazó a su hija.

–Estoy perfectamente. Todo ha ido de maravilla.

Rose dejó que la llevaran directamente a la cocina, en cuya encimera había una hilera de pequeños pasteles glaseados.

–¡Mira, mami! –exclamó Bea, emocionada–. ¡Pastelitos de hada!

–Tienen un aspecto delicioso. ¿Podemos probarlos después de comer? Hay algo en el horno que huele maravillosamente.

–No es nada especial, cariño –dijo Grace–. He sugerido varios menús para celebrar tu llegada, pero ha ganado el pastel de carne, como siempre.

–Bea y yo nos ocupamos de poner la mesa mientras mamá se refresca–dijo Tom.

–Date prisa, mamá –ordenó Bea–. ¡Tengo hambre!

Rose subió rápidamente a su habitación y dedicó una deprimida mirada a su pálido reflejo en el espejo mientras colgaba su ropa en el armario. A pesar de sus breves vacaciones no parecía precisamente más descansada.

La comida resultó realmente animada mientras Bea hablaba de todo lo que había hecho en ausencia de su madre.

–Ayer fui a la escuela todo el día, y luego fui al parque con la abuela y Tom.

–Seguro que te lo pasaste en grande –dijo Rose con una sonrisa.

–Así fue –confirmó Grace mientras retiraba el plato de su nieta–. ¡Qué maravilla! Te has comido todas las verduras. ¿Te ha gustado la comida, cariño?

–Estaba buenísima –dijo Bea, que a continuación dedicó a Rose una sonrisa idéntica a la de su padre–. ¿Y ahora podemos tomar los pasteles?

Rose esperó, expectante, con las cejas levantadas.

–¡Por favor! –añadió Bea.

–Buena chica.

Cuando terminaron de tomar el postre, Rose anunció:

–Voy a sacar algunas cosas que compré en Florencia.

–¿Dónde está eso? –preguntó Bea.

–Es una ciudad que está cerca de donde vive tía

Charlotte en Italia. Fui hasta allí en avión. ¿Quieres ayudarme a desenvolver los paquetes?

Más tarde, cuando Bea ya estaba acostada tras haberse probado los vaqueros, las camisetas y un precioso vestido al que no había podido resistirse Rose, esta pudo dar a su madre y a Tom más detalles de su viaje. Contó con cautela lo sucedido con Charlotte, pues no sabía hasta qué punto convenía que se enterara Tom.

—¡Cielo santo! —Tom miró a Rose con gesto incrédulo cuando terminó de contar lo sucedido—. ¿Charlotte se fue después de haberte hecho volar hasta allí?

Grace apoyó una mano en el brazo de Tom.

—No pasa nada, amor mío. Rose ha disfrutado de sus primeras y brevísimas vacaciones desde que tuvo a Bea, y seguro que se lo ha pasado bien.

Tom frunció el ceño.

—Pero el hecho es que, después de haber insistido una y otra vez en que fuera a verla, mi hija dejó a Rose sola en un país desconocido mientras ella se iba a Nueva York con Fabio. ¿Cómo te las arreglaste, cariño? —añadió, mirando a Rose con gesto preocupado.

—Charlotte le pidió a Dante Fortinari que me entregara una carta en la que me explicaba lo sucedido. ¿Lo recuerdas de la boda, Tom?

—Por supuesto. Era un tipo encantador. Creo recordar que se casó poco después.

—Pero su esposa lo dejó rápidamente, la muy tonta —dijo Grace mientras miraba a su hija—. Creo recordar que lo pasaste bien con él en la boda.

—Su compañía resultó muy entretenida.

Tom movió la cabeza con desaprobación.

—La próxima vez que llame voy a tener unas palabras con mi hija. ¿Por qué estaba tan empeñada en que fueras a Florencia en esta ocasión?

–Puede que Rose piense que es Charlotte quien debe darte las explicaciones –dijo Grace.

Rose suspiró.

–Así es, pero tampoco quiero que Tom esté preocupado –dijo antes de explicar lo sucedido, las sospechas de Charlotte y su remordimiento después de descubrir la verdad–. Fabio insistió en que me quedara en el hotel de todos modos con los gastos pagados.

–¿Y cómo pudo creer Charlotte que su marido la engañaba? –preguntó Grace–. ¡Ese hombre la adora!

–Y la mima más de lo que yo la mimé nunca –añadió Tom antes de mirar a Rose con una ceja levantada–. ¿Y dónde encaja en todo esto Fortinari?

–Después de entregarme la carta se ofreció a enseñarme Florencia –Rose sonrió animadamente–. Fue un detalle muy amable por su parte, pues de lo contrario me habría sentido un poco perdida.

–Desde luego –dijo Tom antes de levantarse y tomar a Grace de la mano–. Vámonos a casa, amor. Creo que debemos dejar que Rose se vaya ya a la cama. Parece agotada.

–Si quieres puedo quedarme para ocuparme de Bea si se despierta por la noche –se ofreció Grace.

–No hace falta, mamá –dijo Rose, riéndose–. Ya habéis hecho más que suficiente. Pero me temo que mañana te necesitaré un par de horas por la tarde, mamá. Una cliente se puso en contacto conmigo mientras estaba en Italia y tengo que ir a verla.

–Por supuesto –dijo Grace antes de dar un beso de buenas noches a su hija y de darle las gracias de nuevo por sus regalos–. No deberías haberte molestado.

–Dante los consiguió mucho más baratos de lo que me habrían salido a mí. Además, era el dinero de Fabio.

–En ese caso, disfrutaremos de nuestro botín sin ninguna culpabilidad –dijo Tom con un guiño.

Tras asegurarse de que Bea dormía plácidamente, Rose fue a su cuarto bostezando. Iba a suponer un esfuerzo volver a adaptarse a la rutina, aunque no le quedaba otra opción. Estaba a punto de apagar la luz para dormir cuando sonó su teléfono.

–¿Rose? –dijo una inconfundible voz desde el otro lado de la línea.

Rose se irguió de inmediato en la cama.

–¡Dante!

–¿Qué tal el viaje de vuelta?

–Muy bien. Ya estoy de vuelta donde pertenezco.

–No estoy de acuerdo con eso –dijo Dante, sorprendiendo a Rose–. Cuando estabas en Florencia pertenecías a Florencia. No tardaré en viajar a Londres y tengo intención de ir a visitarte.

Rose estaba a punto de decirle que no le parecía buena idea cuando Dante siguió hablando.

–Ahora que sé que estás a salvo te dejaré dormir. *Buonanotte*, Rose.

–Buenas noches. Y gracias por llamar –contestó ella educadamente.

La ronca risa de Dante le produjo un cálido estremecimiento.

–Sabías que lo haría. *Ciao*.

Rose se metió en la cama y apagó la luz, pero, gracias a la llamada, ya no se sentía cansada. El sonido de la voz de Dante le había hecho recordar no solo su beso de despedida, sino también todas sus dudas y temores respecto al hecho de que no conociera la existencia de Bea. Pero Dante no tenía ningún derecho que reclamar respecto a su hija, se dijo con el viejo resentimiento que anidaba en su corazón. La única contribución de Dante a su existencia había sido un pasajero episodio de placer sexual antes de su regreso junto a la prometida que por lo visto olvidó mencionar.

Al día siguiente, Rose trabajó toda la mañana para poner en orden sus asuntos profesionales y después fue a buscar a Bea al colegio.

–¡Mami! ¡Hoy has venido tú!

–Por supuesto, cariño. Ya te dije que lo haría.

–Pero ayer no viniste.

–Como estaba de viaje les pedí a la abuela y a Tom que vinieran en mi lugar.

Bea asintió mientras su madre la sentaba en la sillita del coche.

–Han venido a recogerme muchas veces.

–Solo dos, cariño.

Bea no pareció muy convencida por las matemáticas.

–¿Hoy vas a salir a trabajar?

–Sí, pero solo un rato por la tarde. Te quedarás con la abuela y yo volveré a tiempo de tomar el té. Mañana es sábado y podemos ir al parque.

Rose retomó su rutina profesional tan rápidamente que el viaje a Florencia casi pareció un sueño hasta que Charlotte la llamó para pedirle personalmente disculpas y darle todos los detalles sobre sus breves vacaciones.

–¿Le pediste a Dante Fortinari que se ocupara de mí en Florencia? –preguntó Rose en cuanto su amiga le dejó un resquicio.

–Claro que no. Solo le pedí que te entregara la carta en mano porque incluía dinero –Charlotte hizo una pausa–. Aunque lo cierto es que Dante me pareció bastante encantado ante la perspectiva de volver a verte.

–Fue muy amable –dijo Rose con toda la indiferencia que pudo–. Me habría sentido bastante perdida en Florencia si él no hubiera aparecido.

–Lo sé, lo sé –dijo Charlotte en tono de remordimiento–. Menos mal que apareció Dante.

–Y menos mal que se resolvieron tus dudas –replicó Rose–. ¡Debiste de volverte loca para pensar que Fabio te estaba engañando!

–Loca no. Hormonal –Charlotte respiró profundamente–. Me comporte como una perfecta idiota porque.... ¡por fin estoy embarazada!

Rose dejó escapar un agudo grito de alegría.

–¡Oh, Charlotte! ¡Eso es genial! Me alegro tanto por vosotros... ¿Se lo has dicho ya a tu padre?

–No. Ahora mismo lo llamo, pero quería que fueras la primera en saberlo. Ni siquiera se lo dije a Fabio hasta que llegamos a Nueva York. Ahora me siento tan feliz que no me importan ni las náuseas matutinas –tras una pausa, Charlotte añadió–: ¿Sigues enfadada conmigo por haberte dejado plantada?

–¿Por haberme ofrecido la oportunidad de disfrutar de unas vacaciones en una de las ciudades más bonitas del mundo? No, señora Vilari, claro que no. Y ahora date prisa en contarle la noticia a Tom para que yo pueda compartirla cuanto antes con mi madre.

Cuando la excitación que causó la noticia del embarazo de Charlotte remitió, Rose volvió a sus tareas habituales de madre trabajadora, hasta que Dante llamó una mañana para decirle que al día siguiente pensaba pasar a recogerla para llevarla a cenar. Rose trató de mantenerse firme en su decisión y le dijo que tenía trabajo y que no podía salir.

–¿Eso es cierto, o lo que sucede es que no quieres volver a verme?

–Lo cierto es que creo que sería mejor que no nos viéramos.

Se produjo un momentáneo silencio al otro lado de la línea.

–¿Te asusté con mi beso?

–Por supuesto que no. Agradezco el tiempo que te tomaste para estar conmigo en Florencia, pero fue algo excepcional.

–¿Te estás negando a volver a verme? –preguntó Dante con dureza.

–Sí. Tú vives en Italia y yo aquí. En cualquier caso, no tendría sentido.

–Veo que no me has perdonado.

–¿Qué es lo que no te he perdonado?

–Que me fuera corriendo después de hacerte el amor aquella noche.

–Oh, eso. No hay nada que perdonar. Esas cosas pasan.

–Si no es por eso, exijo que me digas qué tendría de malo que nos viéramos, Rose.

–¿Ah, sí? Adiós, Dante.

Rose colgó y se dejó caer en el sofá, decidida a no llorar. Ya había llorado lo suficiente por culpa de Dante Fortinari en el pasado. Pero, por mucho que se esforzó en controlarlas, las lágrimas llegaron y Rose tuvo que frotárselas rápidamente. No quería que su hija la viera llorando.

Grace pasó más tarde a tomar café y frunció el ceño al ver los ojos hinchados de Rose.

–¿Qué sucede, cariño?

–Ha llamado Dante. Quería invitarme a cenar mañana.

–¿Y por eso has llorado?

Rose sorbió por la nariz sin ningún reparo.

–Le he dicho que no.

–¿Por qué? –Grace entrecerró de pronto los ojos–. Es por Bea, ¿no?

–¿Qué... qué quieres decir?

–No quieres que Dante sepa que tienes una hija. Pero Bea no es ningún oscuro secreto, cariño. Ya va siendo hora de que te quites esa idea de la cabeza.

–Tienes razón –dijo Rose a la vez que asentía.

–¿Por qué no llamas a Dante y le dices que has cambiado de opinión? Tom y yo nos llevaremos a Bea a dormir a nuestra casa. Así lo tendrás más fácil.

Rose negó con la cabeza con obstinación.

–No voy a volver a verlo.

–¿Por qué no? ¿Cuántas veces volverás a tener una cita con alguien como Dante Fortinari? –Grace dedicó un guiño a su hija mientras se levantaba–. Tu viejo amigo Stuart Porter es muy agradable, pero ni es italiano, ni tan guapo como tu amigo.

Rose se rio. Su madre había dado en el clavo. Las cenas y las citas con hombres como Dante no formaban precisamente parte de su vida social. Una noche con Stuart significaba ir al cine y luego a tomar un café o una bebida. Cenar con Dante sería algo muy distinto.

–¿Qué te parece si nos quedamos de todos modos a Bea mañana por la noche para que puedas disfrutar de la tarde y de una buena noche de sueño? Por tu aspecto, creo que te vendría muy bien.

–Lo sé –Rose miró a su madre con incertidumbre–. Adoro a mi hija, pero la idea de tener una noche para mí sola resulta realmente tentadora.

–En ese caso, hecho. Vendremos a recoger a Bea sobre las cuatro y nos ocuparemos de llevarla a la mañana siguiente al colegio. Así podrás aprovechar al máximo tu descanso.

Bea se puso muy contenta al día siguiente cuando supo que iba a dormir en casa de su abuela y de Tom. Le encantaba el dormitorio que tenían preparado para ella y que tan útil resultaba cuando Rose tenía que hacer algún viaje por asuntos de trabajo.

–¿Vas a salir con Stuart? –preguntó Bea con suspicacia mientras preparaban su mochila.

–No, esta noche no. ¿Por qué? ¿No te cae bien? –preguntó Rose. En las pocas ocasiones en que Bea y Stuart se habían encontrado, el embarazo de este había sido tan intenso que la niña lo había captado de inmediato.

Bea agitó los ricitos de su cabeza con expresión desdeñosa.

–Me llama «pequeña».

–Eso es un grave error, porque tú ya eres una niña grande, ¿verdad? ¿Quieres que meta a Pinocho en la mochila con tu osito o prefieres llevarlo contigo?

–Yo lo llevo –dijo Bea a la vez que tomaba posesivamente el muñeco. En aquel momento sonó el timbre de la puerta–. ¡La abuela! ¿Puedo ir a abrir yo?

–Baja con cuidado –dijo Rose mientras guardaba un par de libros en la mochila.

Bajó las escaleras sorprendida por el silencio reinante, pero al llegar al vestíbulo se quedó paralizada al ver a su hija mirando con el ceño fruncido al hombre que le sonreía.

–*Buonasera*, Rose –saludó Dante–. ¿No vas a presentarme a esta encantadora señorita?

La primera reacción de Rose fue de furia por el hecho de que todas sus precauciones hubieran resultado inútiles. Finalmente, Dante se había encontrado cara a cara con su hija.

–¿Qué haces aquí? –preguntó en tono cortante.

–Esperaba hacerte cambiar de opinión respecto a salir a cenar conmigo. Pero veo que ha sido un error venir.

–No, claro que no –dijo Rose con amable frialdad–. Pasa, por favor.

Bea apretó a Pinocho con fuerza contra su pecho mientras dedicaba una torva mirada al desconocido.

–Yo me llamo Dante Fortinari. ¿Cómo te llamas tú, *bella*?

–Beatrice Grace Palmer –contestó Bea en tono militante.

–Mi hija –añadió Rose por si había alguna duda.

–Eres muy afortunada –dijo Dante a la vez que la miraba a los ojos–. ¿Qué te parece si vamos a cenar temprano y nos llevamos a Beatrice con nosotros?

–¡No! –exclamó Bea–. Quiero ir a casa de la abuela.

Para alivio de Rose, el timbre de la puerta sonó en aquel momento.

–Abre, cariño. Esta vez seguro que son la abuela y Tom.

–Señora Palmer, señor Morley. Es un placer volver a verlos –dijo Dante mientras estrechaba la mano de la sorprendida pareja. Sonrió con ironía–. He venido para ver si lograba hacer cambiar de opinión a Rose respecto a salir a cenar conmigo.

–Estoy segura de que le encantará –dijo Grace, y miró a su hija con los ojos entrecerrados mientras Tom tomaba a Bea en brazos.

–¿Ya tienes tu equipaje listo, querida? –preguntó Tom–. Si es así, ya podemos llevarte a cenar con nosotros.

–Sí, vamos, cariño –dijo Grace, ignorando la tensión casi palpable que reinaba en aquellos momentos en el vestíbulo–. Ha sido un placer volver a verte, Dante.

–El placer ha sido mío, *signora* –Dante sonrió a Bea–. También ha sido un placer conocerte a ti, *bella*.

La niña se limitó a fruncir el ceño.

–Bea... –dijo Rose en un tono que la niña conocía muy bien.

–Lo siento –dijo y, para sorpresa de todo el mundo, dedicó a Dante una irresistible sonrisa–. No soy Bella. Soy Bea.

Dante sonrió, encantado.

–Te pido disculpas.

–Adiós –dijo Bea.

–Pórtate bien con la abuela y con Tom –le recordó Rose mientras salían.

–Siempre se porta bien –replicó Tom, forzando un poco la verdad.

Rose se despidió del trío con la mano y luego se volvió hacia su visitante.

–¿Por qué no me habías dicho que tenías una hija? –preguntó Dante de inmediato.

Rose alzó levemente la barbilla.

–Si estás sugiriendo que me siento avergonzada de ella en algún sentido, te aseguro que no es así.

–¿Cómo ibas a avergonzarte de tener una hija tan preciosa? Pero si no hubiera ignorado tu rechazo a verme no la habría conocido. ¿No querías que la conociera?

–No.

–¿Porque su padre no quiere?

–No, no tiene nada que ver con eso –Rose suspiró–. Ya que estás aquí, ¿por qué no pasas a la cocina? Prepararé café.

Dante la siguió.

Tras preparar el café, Rose lo llevó en una bandeja a la mesa.

–¿Quieres algo de comer?

–No, gracias –Dante la miró a los ojos–. ¿Estás enfadada conmigo por la intrusión?

–Habría preferido hablarte de Bea antes de que la conocieras.

–Ya que te negaste a verme, ¿cuándo pensabas hacerlo? Es evidente que estás incómoda por el hecho de que me haya presentado aquí en contra de tu voluntad. ¿Hay algún amante, o peor aún, algún marido celoso que pudiera molestarse por mi presencia?

–Ninguna de las dos cosas –Rose se sentó con un suspiro–. Supongo que puedo contarte la verdad. Bea es el resultado de una aventura de una noche con alguien que no sabe que ha sido padre. No estoy avergonzada de mi hija, solo de las circunstancias que la trajeron al mundo.

Dante se puso repentinamente pálido, se inclinó hacia ella y la tomó de la mano.

–¿Fuiste forzada, *cara*?

–¡No! Lo único que sucedió fue que bebí un poco más de la cuenta porque estaba celebrando mis notas.

–¿Y no le dijiste a ese hombre que te habías quedado embarazada?

–No –Rose se ruborizó–. Por aquella época trabajaba eventualmente de camarera y achaqué mi repentina falta de energía y lo demás al cansancio. Tardé un par de meses en darme cuenta de que podía estar embarazada.

–¿Y qué pasó luego?

–Se lo conté a mi madre y le dije con toda claridad que no tenía ninguna intención de ponerme en contacto con el padre. Tom estaba dispuesto a buscarlo y obligarlo a asumir su responsabilidad. Fabio y Charlotte también.

–¡Naturalmente! –dijo Dante con aspereza–. ¿Y lo encontraron?

–No. Me negué a darles su nombre.

–*Dio*! –Dante se pasó una mano por el pelo–. Supongo que todo esto fue muy duro para tu madre.

–También lo fue para Charlotte, pero se portó genialmente conmigo. Voló en varias ocasiones hasta aquí durante mi embarazo e insistió en estar presente en el parto.

–Es una buena amiga –dijo Dante–. Estaba desolada ante la idea de tener que dejarte plantada en Florencia.

–¿Por eso te presentaste voluntario para cuidar de mí?

–No. Me encantó poder hacerlo. Disfruté mucho de tu compañía esos días, pero parece que consideras un error que nos veamos de nuevo.

–Siento haber sido tan brusca, pero ha supuesto toda una conmoción encontrarte hablando con mi hija en el vestíbulo –Rose suspiró–. Cuando averigüé que estaba embarazada les pedí a Charlotte y a Fabio que mantuvieran el secreto ante los amigos que habían asistido a su boda, pues no había padre en la foto.

–Sin embargo, hay un hombre por ahí que no sabe que tiene una hija –Dante movió la cabeza–. Después de haber conocido a tu hija, lo siento por él.

–Ya es demasiado tarde para decírselo. No me creería –dijo Rose en tono terminante.

Dante la miró atentamente un momento antes de preguntar:

–¿Vas a salir esta noche?

–No.

–Sin embargo, tu hija va a pasar la noche con tu madre y con el señor Morley, ¿no?

–Sí. Mi madre pensó que no me vendría mal una noche tranquila.

–¿Y qué piensas hacer? ¿Leer? ¿Ver la tele?

–Probablemente.

–Mientras yo vuelvo al hotel a cenar solo –Dante volvió a tomarla de la mano–. Cambia de opinión, Rose. Cena conmigo.

Allí sentada, sintiendo el calor de la mano de Dante en la suya, a Rose le costó comprender por qué le había dicho que no.

–De acuerdo –dijo finalmente–. Pero tendrás que esperar a que me ponga un poco más presentable.

La repentina sonrisa de Dante la dejó sin aliento.

–*Bene*! En ese caso, yo también volveré al hotel a ponerme más presentable y luego vuelvo a por ti.

–Gracias –dijo Rose, preguntándose si no estaría cometiendo un terrible error.

–Y en esta ocasión seré mejor recibido, ¿verdad? –comentó Dante sin dejar de sonreír.

–Siento haber sido tan hostil contigo –murmuró Rose.

–No importa –dijo él sinceramente, y miró su reloj–. Volveré a las siete y media. *D'accordo*?

–Estaré lista y esperándote –Rose fue a abrir la puerta de la casa y sonrió al ver el elegante coche de alquiler en el que había llegado Dante–. Este también es bonito.

–Pero no tanto como el mío –dijo él con pesar, y le devolvió la sonrisa–. Estoy deseando estar de vuelta. *Ciao*, Rose.

–*Ciao* –contestó Rose mientras miraba cómo se alejaba, tratando de asimilar el hecho de que todos sus esfuerzos por mantener su vida en privado habían sido inútiles.

Después subió rápidamente las escaleras para ducharse y vestirse. Cuando, media hora más tarde, bajó para abrirle la puerta a Dante, la mirada de admiración que le dedicó él hizo que sus esfuerzos hubieran valido la pena.

–Estás preciosa, Rose.

–Gracias. Tú tampoco estás mal. Bonito traje.

–*Grazie*. Me gusta tu vestido.

Rose bajó la mirada hacia el ceñido vestido de color caramelo que había recibido como regalo en Navidad y que sabía que le sentaba como un guante.

–Gracias.

Rose esperaba que Dante la llevara al Chesterton, el mejor hotel de la ciudad, pero no tardó en darse cuenta de que estaba tomando otra ruta. Fueron al Hermitage, un hotel conocido por su cómoda elegancia y trato familiar... y el lugar que eligió Charlotte para celebrar su boda.

Antes de que pudiera preguntar por qué la había llevado allí, un hombre grande y de aspecto vagamente familiar se acercó a ellos y palmeó la espalda de Dante.

–¿No vas a presentarme, Dante?

–Esta encantadora dama es la señorita Rose Palmer, Tony. Rose, te presento a mi primo, Anthony Mostyn, dueño del Hermitage, y también del Chesterton.

Rose sonrió mientras estrechaba la mano de Tony Mostyn.

–Es un placer conocerla, señorita Palmer. Es una lástima que mi esposa se haya llevado a los niños con su madre un par de días. Me habría encantado presentárselos.

–Dale un beso a Allegra de mi parte y dile que estamos deseando verla –dijo Dante–. ¿Qué hay en el menú de esta noche, Tony?

–De todo, incluyendo tu elección habitual. Disfrutad de la cena. En cuanto pueda paso a veros.

–¿Qué sucede, Rose? –preguntó Dante una vez que estuvieron sentados.

–Aquí es donde nos conocimos, en la boda de Charlotte –contestó Rose, mirándolo a los ojos–. Recuerdo que cuando vi a Tony Mostyn aquel día pensé que parecía muy joven para ser el director del Hermitage. No me habías dicho que erais parientes.

–No es ningún secreto. Mi tía, Anna Fortinari, se casó con Huw Mostyn, el padre de Tony, pero ambos murieron en un trágico accidente de avión hace unos años. Tony es el director de la empresa que lleva ambos hoteles. Su hermana solía ocuparse del negocio con él, pero se ha casado con un francés y ahora vive en París –Dante miró en torno al restaurante–. Pero a Tony le va muy bien –su mirada se ensombreció cuando volvió a mirar a Rose–. Pensé que te gustaría volver al sitio en que nos conocimos, pero sospecho que he cometido otro error.

–Sí –dijo Rose con franqueza. Al ver que un camarero se acercaba a la mesa con una botella de champán, dedicó a Dante una mirada fulminante.

—Con los saludos del señor Mostyn –dijo el camarero mientras llenaba sus copas.

Dante le dio las gracias y luego se volvió hacia Rose con el ceño fruncido.

–¿Por qué me has mirado así?

–Pensaba que me estabas recordando que la última vez que estuve aquí bebí demasiado.

Dante tensó los labios visiblemente.

–Veo que no te cuesta ningún esfuerzo pensar mal de mí, y la verdad es que no me extraña –alzó un hombro y su mirada adquirió un destello de dura frialdad–. Traerte aquí esta noche no ha sido buena idea, ¿verdad?

–Claro que sí –replicó Rose con una punzada de remordimiento–. Es un lugar encantador, en serio. Pero si prefieres volver a llevarme a casa no me importa. Sé que no he estado precisamente simpática...

–Te he traído aquí pensando que te traería buenos recuerdos, pero supongo que lo único que te he hecho recordar ha sido la repentina forma en que tuve que dejarte.

–Y luego te casaste con la prometida que habías olvidado mencionarme –a pesar de sus esfuerzos, Rose no pudo evitar que se le llenaran los ojos de lágrimas.

–Nunca he podido librarme del sentimiento de culpabilidad que me produjo haberte dejado –dijo Dante mientras le entregaba un pañuelo. Luego volvió a llenar sus copas–. No llores, *bella*. Más vale que bebamos un poco de champán o Tony empezará a hacer preguntas.

Rose se frotó rápidamente los ojos y logró sonreír cuando tomó su copa.

–¿Se me ha corrido el maquillaje?

–No. Esos preciosos ojos siguen perfectos.

–¿Por qué brindamos? –Rose alzó su copa.

–Por más noches como esta, ¡pero sin las lágrimas! –Dante vació su copa e hizo una seña a un camarero para indicarle que estaban listos para pedir.

–Últimamente hemos comido unas cuantas veces juntos –comentó Rose.

–Y eso me agrada enormemente –Dante sonrió por encima de la carta que estaba mirando–. ¿Qué te gustaría comer? Yo siempre pido ternera asada con pudin Yorkshire cuando vengo aquí –se rio al ver la expresión de asombro de Rose cuando mencionó aquella típica comida inglesa–. *Davvero!*

Ya más recuperada, Rose comprobó que tenía apetito.

–Me parece buena idea. Que sean dos.

Dante hizo el pedido al camarero y luego se apoyó contra el respaldo de la silla.

–La próxima vez podríamos traer a Bea a cenar con nosotros. ¿Crees que le gustaría?

–Seguro que sí –dijo Rose, aunque no tenía intención de permitir que aquello sucediera.

–A mí también. Suelo llevar de vez en cuando a mis sobrinos y sobrinas a comer, ¡aunque no a todos a la vez! Debes traer a Bea la próxima vez que quedemos.

–No creo que eso vaya a suceder pronto.

–¿Por tu trabajo?

–En parte sí.

–Si lo que te preocupan son los gastos, me encantaría...

–¡Ni hablar! –dijo Rose con un exceso de firmeza–. Lo siento –añadió de inmediato, ruborizada–. Pero no puedo aceptar tu dinero, Dante.

–¿Tanto te cuesta aceptar cosas de mí? No te voy a pedir nada a cambio, si es lo que temes.

–Eso ya lo sé –Rose se mordió el labio inferior–. Pero desde que Bea nació me he esforzado mucho para valerme por mí misma. No quiero ayudas, ni siquiera de mi madre, aunque fue ella quien pagó el vestido que llevo hoy disfrazándolo de regalo de Navidad.

–Tu madre es una mujer lista. Supongo que Charlotte tampoco te hará mucho caso en ese terreno.

–No. Suele venir siempre cargada de regalos.

–Supongo que no podrás rechazar los regalos de tu amiga más querida –dijo Dante, más relajado–. Me sorprendió que Charlotte eligiera aquel hotel en particular de Florencia para hospedarte. ¿Te gustó?

–Al principio me sentí un poco intimidada por su clase y elegancia, pero en aquellos momentos estaba de-

masiado preocupada por Charlotte y sus problemas...
–Rose se interrumpió, temiendo estar contando algo
que no debía.

–Fabio me contó lo sucedido –aseguró Dante de inmediato–. Charlotte creía que se iba a ir con otra mujer
a Nueva York en su aniversario de boda. ¡Es increíble!
Sé que hay hombres capaces de hacer algo así, desde
luego, pero Fabio Vilari no lo haría jamás. Y ahora que
Charlotte va a darle un hijo es el hombre más feliz del
mundo. ¿Qué te apetece beber con la cena, Rose?

–No más alcohol, gracias. Con una botella de agua
fresca me conformo.

–Ya que voy a llevarte en coche a casa, yo tampoco
beberé.

–Si me mandas en un taxi no tendrás por qué dejar
de beber.

–¿Crees que sería capaz de hacer algo así solo por
beber otro vaso de vino?

–Solo se me ha pasado por la cabeza –murmuró
Rose mientras les servían unos aperitivos.

A partir de aquel momento trató de ser la mejor compañía posible.

–¿Sueles cocinar ternera asada como esta? –preguntó Dante después de que les sirvieran.

–Nunca lo he intentado –confesó Rose–. Mi madre
la prepara a veces el domingo, pero normalmente co-
memos pollo asado, que es la comida favorita de Bea.
Suelo cocinar a menudo pasta, y los inevitables palitos
de pescado, por supuesto. Mi hija se alimentaría de eso
a diario si pudiera.

–Según recuerdo, disfrutaste mucho con nuestras co-
midas en Florencia, ¿no?

–Desde luego –Rose lo miró a los ojos–. Hiciste que
mi breve estancia en la ciudad fuera muy especial, Dante.

–*Grazie*. También fue especial para mí. Debes volver pronto, y tal vez podrías traer a tu hija contigo –al ver que Rose no decía nada, Dante añadió–: ¿Me has perdonado ya, Rose?

–¿Por haberme traído aquí hoy?

–No. Por el modo en que te dejé hace años, a pesar de lo mucho que deseaba quedarme.

–Oh, eso –dijo Rose en tono displicente–. Está perdonado y olvidado hace años.

Dante sonrió con ironía.

–Veo que me estás poniendo en mi sitio.

Rose bajó la mirada.

–Preferiría no hablar de eso. Sucedió hace mucho y ahora somos dos personas distintas.

–Eso es cierto. Tú eres la que ha tenido éxito con su propio negocio y tu preciosa hija...

–Mientras tú te has ocupado de ayudar a dirigir los prestigiosos viñedos Fortinari.

–Pero mi matrimonio fue un desastre –dijo Dante con amargura.

–Mi récord fue aún más rápido.

–¿Te refieres al padre de Bea? –Dante frunció el ceño–. ¿Estás segura de que no vas a buscarlo para decírselo?

–Totalmente segura. ¿Te importa que hablemos de otra cosa?

–Como tú quieras, *carina*.

Tony Mostyn se reunió con ellos para tomar café y un rato después se despidieron y se marcharon.

–¿Has disfrutado de la noche? –preguntó Dante mientras se alejaban en el coche del restaurante.

–Mucho. Gracias por haberme traído aquí.

–¿Aunque fuera el sitio en que nos conocimos?

–Sí.

Cuando llegaron a casa de Rose, Dante apagó el motor y la miró de reojo.

–Aquí es donde nos despedimos, a menos que me invites a pasar un rato antes de que nos separemos.

Rose asintió. Era relativamente temprano, ¿y quién sabía cuándo iba a poder disfrutar de otra velada como aquella?

–Podría prepararte un café.

–No quiero más café –Dante sonrió–. Pero me encantaría disfrutar un rato más de tu compañía.

Capítulo 4

ROSE guio a Dante al pequeño cuarto de estar de su casa que, afortunadamente, había recogido a toda prisa por si se daba aquella circunstancia.

–¿Estás seguro de que no quieres café? –preguntó, repentinamente incómoda en el silencio reinante en la casa.

Dante negó con la cabeza y la tomó de la mano para que se sentara a su lado en el cómodo sofá de terciopelo del cuarto de estar.

–Tu casa resulta muy acogedora.

–Todo gracias a mi madre. Soy muy afortunada. No todas las madres solteras cuentan con una casa como esta.

Dante deslizó una mano por el respaldo del sofá.

–Hay un sofá muy parecido a este en mi casa. A mi abuela le encantaba el terciopelo.

–¿Has conservado todo el mobiliario?

–Sí –Dante suspiró–. Al principio pensé que había sido un error, porque me pasaba el rato pensando que iba a encontrarme con ella, pero ahora me alegro de haberlo conservado porque confiere una calidez especial a mi casa.

–Obviamente, tu esposa no debía de sentir lo mismo –Rose se arrepintió de inmediato de haber dicho aquello al ver que se endurecía la expresión de Dante.

–No me gusta hablar de ella –murmuró.

–Eso es muy cierto. Ni siquiera me la mencionaste en nuestro primer encuentro.

–Creo que ya me he disculpado por eso en más de una ocasión –dijo Dante a la vez que se ponía en pie–. Creo que será mejor que me vaya.

Rose también se puso en pie con la barbilla alzada.

–Pues vete.

Por un momento, creyó que Dante estaba a punto de salir a toda prisa de allí, pero la sorprendió rodeándola con los brazos por la cintura y besándola con auténtico fervor.

–*Arrivederci, tesoro*.

Rose tuvo que hacer acopio de toda su fuerza de voluntad para apartarse.

–Eso fue lo que dijiste la última vez.

–¿En el aeropuerto de Pisa?

–No. Cuando abandonaste mi cama tras la boda –Rose sonrió con dulzura–. Adiós, Dante. Gracias por la cena.

–¿Por qué has aceptado mi invitación esta noche? –preguntó Dante, enfadado–. Un momento creo que somos amigos y al siguiente vuelvo a convertirme en tu enemigo. No acabo de entender por qué aceptaste mi compañía en Florencia.

–Estaba sola en un país desconocido, ¿recuerdas? Y ya puestos, ¿por qué te ofreciste tú a acompañarme? ¿Te pidió Charlotte que te apiadaras de mí?

–Sentí piedad sin necesidad de que me lo pidieran.

Rose dedicó una furibunda mirada a Dante.

–¡De manera que San Dante se ocupó de la pequeña amiga de Charlotte debido a la bondad de su corazón!

–Podría decirse algo así... aunque no soy ningún santo.

–Yo tampoco. Como has comprobado desde que nos

reencontramos, mi temperamento se ha deteriorado –Rose se sintió repentinamente avergonzada–. Al igual que mis modales –añadió.

La sonrisa de Dante no llegó a alcanzar sus ojos.

–Tienes motivos. Trabajas duro sin contar con el apoyo de un marido y tienes una hija de la que ocuparte.

–Pero Bea también tiene bastante genio, algo que sin duda ha heredado de mí, porque su padre... –Rose se interrumpió en seco ante la severa mirada que le dirigió Dante.

–¿Su padre tiene mejor carácter?

Rose asintió, ruborizada.

–¿Y lo sabes después de una sola noche? –preguntó Dante con el ceño fruncido–. Creo que sabes mucho más que eso, y no entiendo por qué no te pones en contacto con él. Merece saber la verdad.

–No creo que eso sea asunto tuyo, Dante Fortinari –dijo Rose con frialdad.

Dante asintió lentamente.

–Tienes razón. No es asunto mío. Adiós, Rose –dijo, y a continuación abandonó la casa sin mirar atrás.

En cuanto escuchó el ruido de la puerta al cerrarse, Rose dejó escapar un sollozo y a continuación rompió a llorar a la vez que se acurrucaba tumbada en el sofá. Por primera vez en años permitió que las amargas lágrimas manaran libremente de sus ojos, al menos hasta que recordó que aún llevaba puesto el vestido. Sintiendo un inminente dolor de cabeza, subió a su habitación, se desnudó y se puso un albornoz. Acababa de quitarse el maquillaje cuando dio un respingo al oír el timbre de la puerta. Bajó prácticamente corriendo, y cuando abrió se encontró a Dante en el umbral.

–Creo que se te ha caído este pendiente en el coche.

–Oh. Gracias –Rose tragó convulsivamente–. Dante,

yo.... lo siento, pero... –incapaz de seguir, dejó escapar un gemido y se habría caído allí mismo si Dante no la hubiera sujetado.

Recuperó el sentido en el sofá. Dante estaba inclinado sobre ella, mirándola con evidente ansiedad mientras no dejaba de bombardearla con preguntas en italiano.

–En inglés, por favor –murmuró Rose, y los ojos de Dante se iluminaron con una radiante sonrisa.

–Discúlpame, *bella*. ¿Qué ha pasado?

–Creo que me he desmayado.

–Pero ¿por qué?

–Me he asustado cuando ha sonado el timbre. Lo primero que he pensado ha sido que le había pasado algo a Bea. Las madres tendemos a reaccionar así.

Dante deslizó un brazo tras ella para ayudarla a erguirse.

–¿Sigue dándote vueltas la cabeza?

–Un poco. ¿Puedes quedarte conmigo un rato más?

–Si me lo permitieras, me quedaría contigo toda la noche –Dante sonrió con pesar–. Pero no esperaría que aceptaras. ¿Estás más cómoda así?

–Sí –asintió Rose, que empezaba a sentirse demasiado cómoda junto a Dante.

Dante miró sus hinchados y enrojecidos ojos.

–Has estado llorando, *cara*. ¿Ha sido porque nos hemos separado enfadados?

Rose asintió y, a pesar de sí misma, sus ojos volvieron a llenarse de lágrimas.

–Ahora me duele la cabeza y tengo un aspecto horrible.

–De eso nada. Yo pienso que estás preciosa –dijo Dante a la vez que pasaba una mano por su cintura y la atraía hacia sí–. Puede que te venga bien tomar un té.

Rose logró esbozar una sonrisa.

—¿Sabes preparar té, Dante?

—Basta con poner una bolsita en una taza y echar agua caliente, ¿no?

—Así es. Pero ahora no quiero un té —el aroma, la calidez y la musculosa fuerza del abrazo de Dante estaban resultando mucho más efectivos que cualquier té—. Siento haber sido tan desagradable antes. He disfrutado mucho esta noche, Dante. Al menos hasta que te has ido y me has dejado llorando.

—¿Has llorado porque me he ido?

—Sí —Rose respiró temblorosamente—. Me he portado muy mal y no me has dado la oportunidad de disculparme.

—Creo que ya nos hemos disculpado lo suficiente el uno con el otro, ¿no te parece? —cuando Rose asintió, Dante añadió—: ¿Volvemos a ser amigos?

Antes de que Rose tuviera tiempo de contestar, Dante la besó en los labios y ella se entregó a su beso con un sensual gemido que hizo que Dante la estrechara con más fuerza entre sus brazos a la vez que le besaba los hinchados párpados y la punta de la nariz antes de volver a ocuparse de sus labios con tal suspiro de placer que Rose sintió que se derretía. Con las emociones sobreexcitadas tras su pequeña pelea, sus besos se fueron volviendo más y más atrevidos y apasionados, hasta que la historia volvió a repetirse. Sus ropas empezaron a volar un momento después en todas las direcciones. Cualquier posible afán de contención se esfumó como el humo mientras se unían en un palpitante arrebato de deseo que los llevó a ambos a experimentar un rápido e intenso orgasmo que los dejó jadeantes, mirándose el uno al otro con expresión conmocionada.

—*Dio* —murmuró finalmente Dante con voz ronca—.

He deseado esto desde el instante en que volví a verte en Florencia, pero te juro que no tenía intención de que sucediera esta noche, *tesoro*.

Rose se apartó de él y, repentinamente consciente de su desnudez, se cubrió rápidamente con el albornoz.

–Ha sido culpa mía tanto como tuya –dijo, y tragó saliva con esfuerzo–. No sé qué decir, así que vete, por favor –añadió antes de cometer una locura y pedirle que la llevara a la cama y se pasara toda la noche haciéndole el amor.

Dante se subió los pantalones rápidamente y luego le lanzó una ardiente mirada que hizo que Rose volviera a excitarse.

–*Arrivederci, amore*. Pero esto no es una despedida. Volveré pronto. Muy pronto –dijo a la vez que la tomaba entre sus brazos–. No tengo ningunas ganas de irme, pero es tarde y debes acostarte.

Rose lo miró un momento a los ojos.

–¿Por qué has vuelto, Dante?

–Porque nada ha cambiado desde la primera vez que nos vimos –Dante le acarició una mejilla antes de soltarla–. Sigues siendo tan irresistible para mí ahora como lo fuiste entonces. *Buonanotte, carissima*.

En cuanto cerró la puerta a espaldas de Dante, Rose se preguntó cómo había podido permitir que aquello volviera a suceder. Se rio sin humor, consciente de que impedirlo habría sido tan difícil como dejar de respirar.

Grace había insistido en ocuparse del desayuno de Bea y de llevarla al colegio para que Rose pudiera disfrutar de una mañana tranquila, pero ella ya estaba levantada y a punto de ponerse a trabajar cuando su madre pasó a verla.

–He preparado café –dijo con una sonrisa.

–Me vendrá de maravilla.

–¿Ha pasado buena noche Bea?

–Muy buena. ¿Y tú? ¿Te animaste por fin a ir a cenar con Dante?

–Sí. Fuimos al Hermitage –al ver la mirada que le dedicó su madre, Rose frunció el ceño–. ¿Qué sucede, mamá?

Grace respiró profundamente.

–No es fácil hacerte la pregunta que quiero, pero creo que ya es hora de que nos digas la verdad. ¿Es Dante el padre de Bea?

–¿Qué? –preguntó Rose, petrificada.

–Ayer, cuando Bea sonrió a Dante y él le devolvió la sonrisa me di cuenta del parecido. Y ambos tienen los ojos azules. Y el primero en comentar el parecido fue Tom.

–Eso no quiere decir que sea cierto.

–¿Ah, no? Anoche no pude dormir recordando la boda de Charlotte. Tom y yo volvimos a casa cuando los recién casados se fueron, pero reservamos una habitación para ti para que pudieras seguir disfrutando de la fiesta con los demás invitados. Entonces Dante Fortinari tuvo que irse a toda prisa porque su abuela se había puesto muy enferma.

–¿Y piensas que se las arregló para darse un rápido revolcón conmigo antes de irse? –le espetó Rose.

Su madre la miró con expresión escandalizada.

–Yo no lo habría expresado exactamente así, pero eso explicaría muchas cosas, desde luego –Grace miró atentamente a su hija antes de añadir–: Tengo razón, ¿verdad?

Incapaz de apartar la mirada, y de mantenerse firme en su negativa, Rose se dejó caer en una de las sillas de la cocina.

–Sí, la tienes. Pero eso no cambia nada. No tengo ninguna intención de decírselo a Dante.

–¿Por qué no? –preguntó Grace a la vez que le tomaba la mano a su hija–. ¿Puedes contarme lo que pasó después de que nos fuéramos esa noche?

Rose asintió, reacia.

Estaba bailando al son de un lento tema con Dante cuando se hizo claramente consciente de que su querida amiga Charlotte se iba a vivir a Italia con Fabio, lo que sin duda haría que pudieran verse muy poco. Cuando Dante le preguntó por qué estaba triste, ella se lo contó mientras parpadeaba para alejar las lágrimas, repentinamente desesperada por retirarse a su habitación. Dante insistió en acompañarla y, una vez allí, la abrazó para consolarla. El cansancio de Rose desapareció como por ensalmo y unos instantes después estaban besándose y acariciándose con auténtico frenesí. Acabaron en la cama, semidesnudos, e hicieron el amor rápida y apasionadamente. Aún estaban abrazados y jadeantes cuando sonó el teléfono de Dante. Él masculló una maldición y tomó su móvil de evidente mala gana, pero un segundo después estaba en pie, vistiéndose rápidamente mientras mantenía una conversación en italiano.

Rose permaneció en la cama, cubierta con la sábana hasta la barbilla mientras, con una expresión repentinamente ojerosa y demacrada, Dante le pedía perdón por tener que irse de inmediato. Acababan de comunicarle que su abuela se había puesto muy enferma.

–No tardaré en volver a ponerme en contacto contigo. *Arrivederci, tesoro.*

Aquellas fueron las últimas palabras de Dante antes de marcharse.

Rose sonrió con tristeza mientras seguía contando a su madre lo sucedido.

–Cuando se fue yo me quedé adormecida, soñando en color rosa con una futura relación con Dante. Pero por la mañana averigüé que había olvidado mencionarme que estaba prometido.

–¡Y mantuvisteis relaciones sin protección! –dijo Grace, conmocionada.

–Usamos protección, pero el preservativo se rompió. En sus prisas por irse, Dante no se dio cuenta del detalle, y, cuando supe que estaba embarazada, comprendí que sería muy improbable que Dante fuera a creer que era el padre –Rose miró a su madre, avergonzada–. Además, para entonces él ya se había casado, de manera que no podía decírselo. Dante es uno de los mejores amigos de Fabio y él está casado con mi mejor amiga. No podía estropear las cosas para Charlotte y, tal vez, incluso hacer peligrar tu relación con Tom.

–De manera que te inventaste lo sucedido en la fiesta de celebración de tu graduación –Grace se puso en pie y tiró de la mano de su hija para poder abrazarla–. ¿Y qué vas a hacer ahora, cariño mío?

–Nada. Fue una locura ir a Florencia. En cuanto vi a Dante comprendí por qué me enamoré de él a primera vista. De lo contrario no habría sucedido lo que sucedió, porque la relación que tuvimos fue totalmente consentida por ambas partes.

Grace se apartó para mirar a su hija a los ojos.

–¿Sigues enamorada de él?

Rose asintió con tristeza.

–Pero no quiero estarlo. No puedo evitar culparlo en parte por lo que pasó, y a veces gana el resentimiento.

–¿Os separasteis en buenos términos anoche?

–Al final sí, pero hubo momentos muy incómodos durante la velada y después, cuando me trajo a casa. De hecho, lo ofendí tanto que se fue, enfadado. Pero volvió un rato después e hicimos las paces –Rose suspiró–. Es una pena que Bea haya heredado mi temperamento y no el de Dante.

–Está claro que la niña le ha encantado –dijo Grace con una sonrisa.

–Lo sé. Pero eso no cambia nada.

–¿No te planteaste decirle la verdad a Dante sobre Bea cuando te enteraste de que su matrimonio había acabado?

–No llegué a enterarme de que se había separado. Siempre que Charlotte mencionaba a Dante me negaba a escuchar. Y cuando volví a verlo en Florencia metí la pata hasta el cuello. Cuando se ofreció a cenar conmigo al saber que iba a estar sola, prácticamente le escupí y le pregunté si pensaba venir con su mujer. Puedo ser un verdadero encanto cuando me lo propongo, ¿verdad, mamá?

Grace abrazó con ternura a su hija.

–Yo te quiero de todos modos, cariño.

Cuando su madre se fue, Rose hizo todo lo posible por concentrarse en su trabajo, pero le costó verdaderos esfuerzos. Aunque la única que lo sabía era su madre, la identidad del padre de Bea había sido un secreto celosamente guardado durante aquellos años, un secreto que ya había dejado de serlo. No se le había ocurrido hacerle jurar a su madre que guardaría el secreto, pero estaba segura de que Tom no tardaría en notar algo raro y en sacarle la verdad. La siguiente en enterarse sería Charlotte y, dado que estaba embarazada y hormonal, probablemente no se mostraría tranquila y razonable al respecto. Se estremeció al imaginársela presentándose hecha un basilisco en casa de Dante para exigirle que hiciera lo correcto. Fuera lo que fuese lo correcto.

La vida siguió su curso habitual durante los siguientes días, aunque por las noches Rose era incapaz de no recordar y revivir su último y apasionado encuentro con Dante. Grace le había asegurado que no le había contado nada a Tom, pero también le confesó que cada vez le estaba costando más esfuerzos.

–Sigo pensando que haces mal ocultándole la verdad a Dante. Sería mucho mejor que se enterara por ti que de algún otro modo.

–No hay otro modo. Tú eres la única que sabe la verdad, mamá, y te agradezco mucho que te esfuerces en seguir siéndolo.

Pero aquella noche Dante llamó cuando ya se había acostado, y sintió la tentación de decirle la verdad cuando le preguntó por Bea.

–Debes de estar muy orgullosa de ella –dijo Dante–. ¿Y cómo está su preciosa madre? –añadió en un tono tan cariñoso que Rose sintió que se derretía.

–Trabajando duro, pero, por lo demás, bien. ¿Y tú cómo estás, Dante?

–También estoy trabajando duro, pero deseo tanto tenerte entre mis brazos que apenas puedo dormir. Necesito verte, *tesoro,* pero no va a ser posible durante unos días. He visto a Charlotte, y está muy bien –añadió Dante.

–Me alegro tanto por ella y por Fabio...

–Fabio está muy ilusionado con su paternidad... ¡*Dio*, cómo lo envidio!

El sentimiento de culpabilidad hizo que a Rose se le encogiera el corazón dolorosamente.

–No lo envidiarías tanto si lo vieras paseando por las noches por el pasillo con el bebé en brazos tratando de que deje de llorar –dijo en el tono más desenfadado que pudo–. ¿O Fabio contrataría a una niñera? ¿Cómo se organizan ese tipo de cosas en tu mundo?

–Mi mundo no es tan distinto al tuyo, Rose. Algunas parejas contratan niñeras, pero si yo tuviera un hijo me gustaría implicarme en todas las tareas que supone criarlo.

–Lo siento, Dante, pero ahora debo dejarte –dijo Rose sin aliento–. Creo que oigo llorar a Bea.

Después de acudir al dormitorio de Bea, que en realidad estaba profundamente dormida, Rose permaneció despierta en la cama, incapaz de olvidar el tono de Dante cuando había mencionado que envidiaba a Fabio. Su madre tenía razón. Había llegado el momento de decirle la verdad, antes de que se enterara a través de algún otro. La creyera o no, merecía saber la verdad a través de ella.

Capítulo 5

ROSE se alegró de estar más ocupada con su trabajo la semana siguiente. Por las tardes, después de bañar a Bea, de darle de cenar y acostarla, estaba demasiado agotada como para dar demasiadas vueltas a sus preocupaciones.

Dante llamó para decirle que la semana siguiente viajaría de nuevo a Londres y que quería ir a verla.

–Te llevaré a cenar, Rose, pero al restaurante que tú elijas –aseguró, y se rio con suavidad–. Y no iré demasiado temprano.

–¿Te gustaría venir a cenar esta vez a mi casa? Yo me ocupo de cocinar.

–Me encantaría –dijo Dante, sorprendido–. Pero no hace falta que te canses cocinando. Podemos encargar la comida en algún restaurante.

–Me lo pensaré –contestó Rose, aunque en realidad no tenía ninguna intención de hacerlo.

–Te echo tanto de menos que apenas puedo dormir por las noches. ¿Me has echado tú de menos a mí?

–Sí –contestó Rose con sencillez.

–No sabes cuánto me alegra escuchar eso. Estaré ahí el viernes sobre las ocho.

–Si quieres puedes venir antes.

–Me encantaría, pero ¿seguro que no le molestará a Bea?

–No. Al parecer, le caes mucho mejor que Stuart.

–¿Y quién es Stuart?

–Un viejo amigo de la universidad con el que salgo ocasionalmente. A Bea no le cae bien porque la llama «pequeña».

–¿Y ese hombre suele ir a tu casa? –preguntó Dante con cautela.

–No. Pero nos hemos visto con él un par de veces en la ciudad. Stuart no se siente cómodo con los niños y Bea lo ha captado enseguida.

–Yo me siento muy cómodo con ella –dijo Dante tras reírse.

Rose se mordió el labio inferior tras colgar. Probablemente, Dante cambiaría de opinión cuando se enterara de la verdad. Pero pensaba decírselo de todos modos. No tenía nada que perder. Si Dante se negaba a reconocer a Bea, ellas no iban a estar peor de lo que estaban.

Grace reaccionó ante la noticia con una mezcla de alivio y aprensión.

–Al menos ahora podré decírselo a Tom. Podemos venir a apoyarte, cariño.

–Gracias, mamá, eres muy valiente, pero esto es asunto mío y debo resolverlo yo. Puedes venir a recoger mis pedazos si las cosas salen mal –Rose sonrió con pesar–. Siempre he temido que llegara este momento. Cada vez que Charlotte y Fabio han visto sonreír a Bea he temido que descubrieran la verdad, pero nunca ha sucedido.

–Solo porque no han visto a Bea y a Dante juntos.

–Eso es cierto. Se van a llevar una buena sorpresa.

–Pero no tan grande como Dante –Grace palmeó cariñosamente la mano de su hija–. ¿Estás segura de querer enfrentarte a esto sola, Rose? Estoy totalmente dispuesta a interpretar el papel de madre indignada. A fin de cuentas, Dante no tenía derecho a seducirte cuando estaba a punto de casarse.

–No me sedujo, mamá. Un minuto me estaba consolando y al siguiente estábamos tan desesperados el uno por el otro que ni siquiera oímos su teléfono de inmediato –Rose suspiró–. Luego Dante ni siquiera quiso contestar, pero yo insistí para que lo hiciera. El resto ya lo sabes.

Tras haber tomado la decisión de contarle a Dante la verdad, Rose lamentó no haberlo hecho de inmediato en lugar de tener que esperar una semana. Afortunadamente, durante aquellos días no tuvo que viajar demasiado a menudo debido a su trabajo y pudo poner muchos papeles al día en su despacho además de pasar más tiempo con su hija. Bea se mostró encantada cuando le contó que iba a pasar otro fin de semana en casa de los abuelos.

–Te gusta que te cuide la abuela, ¿verdad?

Bea asintió vigorosamente.

–Y Tom –aseguró–. Pero con quien más a gusto estoy es contigo.

–Y yo contigo, cariño –dijo Rose, que tuvo que carraspear, emocionada.

Un rato después estaba leyéndole un cuento en el sofá a Bea cuando sonó el timbre de la puerta.

–¡Abuela! –exclamó Bea, que se bajó de inmediato del sofá.

–No creo que sea la abuela. Se ha ido de compras con Tom. Vamos a ver quién es.

Cuando Rose abrió la puerta se encontró ante una atractiva y sonriente mujer morena.

–¿Rose Palmer? Soy Harriet Fortinari. Siento haberme presentado por sorpresa, pero he venido a hacer una rápida visita a mi madre y Dante me ha sugerido que pase a visitarte –tras inclinarse hacia la niña, añadió–. Y tú eres Bea, por supuesto. He oído hablar mucho de ti –dijo con una sonrisa, y Bea le devolvió otra radiante.

–Es un placer conocerte. Pasa, pasa –dijo Rose mientras se apartaba de la puerta–. Dante me dijo que eras inglesa, pero no sabía que eras de Pennington.

–¿Quieres una taza de té? –ofreció Bea, que se estaba mostrando mucho más hospitalaria que con Dante.

–Me encantaría, cariño, pero habría que preguntárselo a mami, ¿no te parece, cariño?

Rose se rio.

–¡No creas que Bea ofrece té a cualquiera!

–Eso deduje por lo que me contó Dante –dijo Harriet con una sonrisa.

–Pasa al cuarto de estar; enseguida traigo el té.

–Preferiría estar contigo mientras lo preparas. Bea puede acompañarme.

–Guía a nuestra invitada a la cocina, cariño –dijo Rose, y se sorprendió al ver que Bea tomaba a Harriet de la mano.

–Hoy hemos tenido que volver del parque –informó Bea a Harriet mientras se encaminaban hacia la cocina–. Ha llovido. ¿Quieres ver mis dibujos?

Harriet le aseguró que le encantaría verlos, y así lo hizo mientras Rose se ocupaba de preparar el té.

–Eres muy buena dibujante –dijo Harriet tras observar atentamente los dibujos, y se ganó de inmediato una nueva sonrisa de Bea–. ¿Nos sentamos a la mesa?

Bea asintió, orgullosa.

–Ya no necesito la silla alta.

–Claro que no. Ya eres una niña grande.

Rose dedicó una cálida sonrisa a Harriet.

–¡Veo que has estado hablando con Dante!

–¿Tú tienes una niña? –preguntó Bea.

–Sí. Ya es una niña grande, como tú. Se llama Chiara.

También tengo un hijo que se llama Luca. No he podido traerlos porque aún tienen colegio.

–¿Te apetece un poco de tarta, Harriet? –preguntó Rose.

–La hemos preparado la abuela y yo –dijo Bea.

–En ese caso tengo que probarla –contestó Harriet mientras Rose terminaba de preparar el té–. En Fortino nunca consigo que me preparen un té tan bueno como el de aquí.

–Puedo poner todo en una bandeja para ir al cuarto de estar si quieres –sugirió Rose.

–Por mí podemos seguir en la cocina. ¿Te parece bien, Bea?

La niña asintió enfáticamente.

–Es un detalle muy amable por tu parte haber pasado a visitarnos –dijo Rose cálidamente.

–Primero me lo sugirió Charlotte Vilari y después Dante, que me dio tu número. Debería haberte llamado antes de venir, pero no sabía exactamente cuándo iba a encontrar el momento. Espero no haberte interrumpido mientras trabajabas.

–No lo has hecho, pero tampoco habría importado –Rose sonrió antes de añadir–: ¿Cómo está Charlotte?

–¡Radiante! Me pidió que te dijera que tendrás que volar a Italia para verla porque Fabio se niega a permitirle viajar ahora mismo –Harriet miró a Rose con expresión expectante–. ¿Irás?

–Iré en cuanto pueda –Rose se volvió hacia Bea con una sonrisa–. Ya puedes bajar si quieres, Bea.

–Voy a por Pinocho.

–Muy bien.

–Es una niña encantadora –dijo Harriet en cuanto Bea salió por la puerta–. Disfrútala ahora porque crecen muy rápido –repentinamente seria, añadió–: Ahora que estamos solas quiero aprovechar para decirte que Dante pasó por momentos muy duros en su matrimonio. La familia se quedó encantada cuando Elsa la Bruja lo dejó, pero, aunque lo disimuló muy bien, su rechazo debió de suponer un duro golpe para su orgullo. Elsa esperó a estar casada para decirle que no pensaba tener hijos. Afortunadamente, no tardó en encontrar un anciano indecentemente rico dispuesto a darle todos sus caprichos.

Rose asintió.

–Dante me lo contó cuando estuve en Florencia. Pero ¿por qué me lo estás contando tú, Harriet?

–Porque creo que Dante está muy solo. No es ningún playboy. Trabaja duro y quiere a su familia. Mis hijos lo adoran, como yo. Y sé que está muy encariñado contigo, Rose. Solo me gustaría saber qué sientes tú por él.

–Dante me gusta mucho –dijo Rose, ruborizada–. Nos conocimos hace años, en la boda de Charlotte.

–Eso me contó... –Harriet se interrumpió cuando Bea entró en la cocina para enseñarle su Pinocho–. ¡Es precioso!

A partir de entonces estuvo concentrada en la niña y unos minutos después se levantó para irse.

–Ha sido un placer conoceros a las dos. ¿Puedo darte un beso, Bea?

La niña alzó el rostro y se rio cuando Harriet la abrazó y le dio dos sonoros besos en las mejillas.

–Gracias por haber venido –dijo Rose mientras se encaminaban hacia la puerta.

–Espero que no te haya molestado que te haya hablado con tanta confianza. Tenemos que vernos cuando vayas a ver a Charlotte. Ha sido un placer conocerte, Rose –Harriet besó a Rose y sonrió a Bea–. También ha sido estupendo conocerte a ti. Adiós.

Cuando Dante llamó aquella noche, Rose le dio las gracias por haber enviado a su cuñada a visitarla.

–A Bea le ha caído muy bien, y a mí también.

–*Bene*. Pensé que te gustaría conocerla –Dante respiró profundamente antes de añadir–: Estoy muy impaciente por verte de nuevo, y no solo por volver a tenerte entre mis brazos, sino porque me has invitado a cenar.

–Aún no sabes cómo cocino.

–La comida me da igual si estoy contigo, *tesoro*.

–Seguro que les dices eso a todas las chicas.

–Te equivocas. Las únicas damas que cocinan para mí son mi madre, Mirella y Harriet.

–Seguro que son cocineras expertas. Me estás poniendo nerviosa. No esperes nada demasiado sofisticado.

–Disfrutaré de lo que me des, *carina* –dijo Dante en un tono tan tierno que hizo que Rose sintiera que se derretía por dentro.

La tensión de Rose fue creciendo según se acercaba el día de la visita de Dante. Grace y Tom se llevaron a Bea al parque para que pudiera ocuparse de los preparativos sin interrupciones.

–Ya nos ocupamos nosotros de dar de cenar a Bea –dijo Grace mientras salía–. Trata de relajarte un rato cuando lo tengas todo preparado.

–Y no olvides que estamos muy cerca si nos necesitas –añadió Tom enfáticamente.

–Lo sé –dijo Rose con una sonrisa–. Pero estoy bien, de verdad. A fin de cuentas, Dante no va a comerme.

Pero, cuando un poco más tarde le abrió la puerta a Dante, él dio todos los indicios de querer hacer precisamente aquello.

–*Buonasera*, Rose –saludó con voz ronca y de inmediato la tomó por los hombros para besarla concienzudamente–. Cada vez que te veo estás más encantadora.

–Tú sí que eres encantador –dijo Rose con una sonrisa–. ¿Quieres que te cuelgue la chaqueta?

Dante se quitó la chaqueta de cuero que vestía y se la entregó mientras miraba a su alrededor.

–*Grazie*. ¿Dónde está Bea?

–Merendando con mi madre y Tom. No tardarán en traerla. Vamos a esperarla en la cocina; tengo que echar un vistazo a lo que tengo en el fuego.

–Algo huele realmente bien, Rose.

–Es mi plato estrella –dijo Rose mientras ofrecía a Dante una botella de vino y un sacacorchos–. ¿Quieres hacer los honores?

Dante miró la etiqueta de la botella y se rio.

–¡Un Fortinari Clásico! *Grazie tante*, Rose.

–Tom me la dio cuando supo que ibas a venir a cenar.

–¡No hay duda de que es un hombre de buen gusto!

–Espero que sea adecuado para el pollo.

–Se puede beber con cualquier cosa, cariño. ¿Quieres un poco ahora?

–Con medio vaso me basta. Tengo que acostar a Bea antes de que cenemos –en aquel instante sonó el timbre de la puerta y Rose no pudo evitar ponerse tensa–. Aquí están.

Dante fue el único que se mostró cómodo cuando Grace entró en la casa seguida de Tom, que llevaba a la niña en brazos. Tras los saludos de rigor, Tom dejó a Bea en el suelo y luego se irguió para mirar atentamente a Dante y luego a la niña.

Bea sonrió a Dante.

–Mamá ha preparado pollo para ti.

–Soy muy afortunado, ¿verdad?

Bea lo miró con curiosidad.

–Hablas raro.

–¡Bea! –exclamó Grace de inmediato–. No es educado decir eso.

–Pero es cierto –dijo Dante, riéndose–. Hablo así porque soy italiano, no inglés, como tú, *piccola*.

Rose se volvió hacia su madre y Tom.

–¿Os apetece un vaso de vino?

–No, gracias –dijo Grace rápidamente–. Tengo encendido el horno y tenemos que volver a casa. Ha sido un placer volver a verte, Dante.

–El placer ha sido mío, *signora* –Dante se volvió hacia Tom–. Ayer vi a su hija y tiene un aspecto estupendo. Supongo que estará encantado ante la perspectiva de ser abuelo.

–Desde luego –Tom se inclinó para acariciar los rizos de Bea–. Aunque para mí Bea ya es como una nieta.

Grace besó a su nieta, lanzó un beso por el aire a Rose y a Dante y empujó a Tom con delicadeza hacia la puerta.

–Tengo la sensación de no caerle especialmente bien al señor Morley –dijo Dante con el ceño fruncido cuando se fueron.

–Claro que le caes bien –Rose notó que Bea estaba mirando a Dante con expresión especulativa–. Es hora del baño –anunció de inmediato.

Dante sonrió.

–Espero verte luego, cuando estés lista para irte a la cama.

Bea miró a su madre.

–Quiero enseñarle mis patos.

–¿Subes a verlos? –preguntó Rose a Dante.

–Será un honor –contestó él con una sonrisa–. ¿Tienes muchos patos?

–Muchísimos –Bea alzó los brazos hacia Dante–. Aúpa –ordenó, y al ver la mirada de reconvención de su madre, añadió con una sonrisa–: ¿Por favor?

Dante la tomó en brazos como alguien acostumbrado a tratar con niños. Rose los siguió mientras Bea indicaba a Dante por dónde ir.

–Ahora bájame –dijo Bea una vez en el baño mientras su madre se ocupaba de abrir los grifos. En cuanto estuvo en el suelo tomó una cestita que tenía llena de patitos de goma y se la enseñó a Dante.

–¡Guau! –exclamó él con expresión asombrada–. ¡Menuda colección de patos!

–Ahora hay que quitarse la ropa, Bea –dijo Rose.

–Yo me voy –dijo Dante mientras se volvía hacia la puerta.

–¡No! Quédate a jugar conmigo –suplicó Bea.

–Le gusta echar carreras de patos –dijo Rose–. Pero ten cuidado o acabarás empapado.

–No importa –Dante sonrió–. Me he mojado muchas veces mientras bañaba a los hijos de Leo y a los de Mirella.

Tras una animada sesión de carreras de patos, Dante acabó con el pelo y el polo que vestía tan empapados que Rose fue a meter este en la secadora y volvió con una vieja sudadera que tenía por casa.

–Tendrá que servirte un rato hasta que se seque tu polo –dijo, y apartó la mirada del poderoso y bronceado pecho de Dante–. Ya es hora de salir del agua, Bea.

–Ahora mamá me lee un cuento –informó la niña a Dante mientras su madre la envolvía en una toalla.

–Tienes mucha suerte. A mí nadie me lee cuentos.

–Tú ya eres grande.

–Eso es cierto. ¿Crees que tu mamá me dejará escuchar el cuento que va a leerte?

–Por supuesto –dijo Bea con firmeza.

–En ese caso, esperaré abajo hasta que estés lista.

Rose solo necesitó unos minutos para preparar a Bea y dejarla metida en la cama con su oso y su Pinocho. Cuando llamó a Dante desde el descansillo, él subió los escalones de dos en dos y la besó rápidamente en los labios antes de encaminarse al cuarto de Bea.

La niña señaló la silla que había acercado a su cama.

–Siéntate ahí... por favor.

–Muchas gracias, *piccola* –dijo Dante mientras obedecía con una sonrisa–. ¿Qué cuento has elegido?

–*Ricitos de oro* –Bea se arrellanó contra las almohadas y sonrió a Rose–. Ya estamos listos, mami.

Rose se sintió orgullosa de la firmeza de su tono mientras interpretaba con voces distintas a cada personaje del cuento, como siempre exigía Bea. Mientras lo hacía pensó que aquello estaba siendo un buen calentamiento para cuando llegara el momento de la verdad. Era evidente que Dante estaba disfrutando con el interludio, sentado muy quieto en su silla, más atractivo de lo que ningún hombre tenía derecho a ser. Apenas apartó la mirada un momento del rostro de Bea hasta que a esta se le empezaron a cerrar los ojos. Cuando, finalmente, se quedó dormida, se levantó y salió sigilosamente de la habitación mientras Rose apagaba la luz.

Cuando bajaron, Rose fue a la secadora a por el polo de Dante.

–Espero que no te moleste que te haya pedido que vinieras a cenar aquí –dijo mientras le entregaba la prenda–. La hora del baño y de acostarse puede resultar una experiencia agotadora.

–Ha sido un placer pasar ese rato con vosotras –dijo Dante mientras se vestía–. Gracias por haberme permitido compartirlo.

–De nada. ¿Quieres servir el vino mientras echo un vistazo a la comida?

Dante olfateó con aprecio cuando Rose abrió el horno.

–Huele muy bien –dijo mientras servía el vino en la mesa que Rose se había esmerado en preparar con un brillante mantel verde, velas, y su mejor vajilla–. Y aquí se está mejor que en cualquier restaurante.

–¿Incluso que en uno tan bueno como el de tu primo? –preguntó Rose mientras dejaba la fuente que había sacado del horno en la mesa.

–Desde luego. Aquí estamos solos, sin camareros interrumpiendo. Pero puedo echar una mano si me lo permites.

–No hace falta, gracias. Ya está todo listo –dijo Rose mientras levantaba la tapa de la cazuela–. He preparado pollo al brócoli con una salsa cremosa y queso parmesano gratinado en honor a mi invitado. Puedes servirte tú mismo.

–Primero un brindis –dijo Dante a la vez que alzaba su copa para brindar con la de Rose–. Por muchas veladas como esta.

Tras probar el pollo puso los ojos en blanco con expresión de puro éxtasis. Tras terminar rápidamente su primer plato, aceptó encantado que Rose le sirviera una segunda ración.

–Espero que no contaras con que quedara algo.

–Claro que no. Me alegra mucho que te haya gustado. Pero no hay nada especial de postre. Me temo que lo único que puedo ofrecerte es queso.

–Casi nunca como dulces –dijo Dante con una sonrisa–, y además he comido tanto pollo que ya no me cabe nada más.

Rose sintió un cosquilleo en la boca del estómago. Se acercaba el momento de la confesión.

–En ese caso, prepararé un poco de café para que lo tomemos en el cuarto de estar.

Dante se excusó para ir un momento al baño y mientras Rose recogió la mesa y preparó el café. Para cuando Dante volvió, ya tenía todo listo y no tenía más excusas para retrasar lo inevitable.

Una vez sentados en el cuarto de estar, Dante la miró con curiosidad.

–¿Sucede algo malo, Rose? No te preocupes por Bea. Me he asomado un momento a su cuarto y está profundamente dormida.

–No estoy preocupada por Bea.

–Entonces, ¿por qué pareces tan tensa?

Rose bajó la mirada.

–La verdad es que no sé por dónde empezar...

–Normalmente, lo mejor es empezar por el principio, *tesoro* –dijo Dante con una sonrisa alentadora.

Rose respiró profundamente.

–Si recuerdas la boda de Charlotte, desde el principio dejaste muy claro que te sentías atraído por mí. Yo me sentí muy halagada por ello y bebí bastante más champán del que debería haber bebido. Cuando Charlotte y Fabio se fueron me entró la llorera y tú me llevaste a mi habitación para tratar de consolarme. No hace falta que te recuerde lo que sucedió a continuación.

Dante le tomó una mano y se la llevó a los labios para besársela.

–Me sentí completamente perdido en el instante en que te besé. No tengo excusa para lo que sucedió a continuación. No debería haber perdido el control como un adolescente, pero lo que sentí entre tus brazos superó a todo lo que había experimentado hasta entonces, Rose. A pesar de la preocupación que sentí al enterarme de que mi abuela estaba muy mal, supuso una auténtica tortura tener que separarme de ti –respiró pesadamente antes de continuar–. Aquel día había borrado por completo a Elsa de mi mente, pero en el vuelo de regreso a casa me sentí muy culpable por no haberte hablado de ella. ¿Cuándo te enteraste de que estaba comprometido?

–A la mañana siguiente, durante el desayuno. A tus amigos les preocupaba que la enfermedad de tu abuela afectara a tu boda –Rose miró a Dante a los ojos–. La palabra «boda» me dejó momentáneamente aturdida, pero luego surgió mi genio y te habría sacado los ojos si te hubiera tenido cerca. Ya que no pude hacerlo, decidí borrarte por completo de mi vida y de mi mente. Por eso me negaba a escuchar a Charlotte cada vez que mencionaba tu nombre. Supongo que ese fue el motivo de que dejara de hacerlo.

–Y por eso no llegaste a enterarte de que Elsa me había dejado –dijo Dante mientras asentía lentamente. De pronto frunció el ceño–. Sin embargo, Charlotte insistió mucho en que te entregara aquella carta en persona cuando fuiste a Florencia.

–En el sobre había dinero y necesitaba que alguien lo entregara en mano. Supongo que fue una casualidad.

–A mí me alegró mucho poder hacerlo para tener la excusa de volver a verte, pero pensé que te negarías a hablar conmigo.

–Eso es lo que habría debido hacer.

–Sin embargo, aceptaste cenar conmigo.

–La idea de cenar sola en aquel hotel en una ciudad desconocida no resultaba muy atractiva –replicó Rose escuetamente.

–Tienes algo más que contarme, ¿verdad? –dijo Dante con suavidad tras fijarse en su expresión.

–Así es –Rose se sentó muy erguida en el sofá–. Esto

no ha sido más que el prólogo. Ahora llegamos a la parte principal. He decidido seguir tu consejo y decirle al padre de Bea que tiene una hija.

Algo destelló en la mirada de Dante a la vez que negaba enfáticamente con la cabeza.

–¡No! Eso ya no me parece buena idea. No lo hagas, Rose. Probablemente ya se habrá casado, y después de todo el tiempo que ha pasado es muy posible que no te crea.

–¿Así es como reaccionarías tú en esas circunstancias?

–No creo. Espero que no. No estoy seguro de cómo reaccionaría ante una noticia como esa.

–Pues ahora vas a tener la oportunidad de averiguarlo –Rose respiró profundamente antes de añadir–: Bea es hija tuya.

–¿Qué? ¿De qué estás hablando? Eso no es algo con lo que pueda bromearse.

–Te aseguro que no se trata de ninguna broma.

–*Dio*! –Dante se pasó una mano por el pelo mientras miraba a Rose con expresión de incredulidad–. Pero... a pesar de lo desesperado que estaba aquella noche por hacerte el amor, recuerdo muy bien que utilicé un preservativo.

Rose se ruborizó.

–No funcionó. Cuando te fuiste descubrí que se había roto.

–Entonces... ¿lo que has dicho es cierto?

–¿Crees que podría mentir sobre algo así?

Dante movió la cabeza, maravillado.

–Así que Beatrice es el resultado de aquella noche.

Rose suspiró.

–No te culpo por dudar de ello. Yo misma no podía creerlo.

–¿Por qué no me lo habías dicho antes? –preguntó Dante, repentinamente acalorado.

–¿Y cómo iba a hacerlo? –le espetó Rose–. Para cuando lo supe ya estabas casado. Por eso me he negado todos estos años a confesar quién era el padre. Pero, después de veros juntos por primera vez, mi madre no tardó nada en darse cuenta de la verdad e insistió en que tenías derecho a saberla –Rose se dejó caer contra el respaldo del sofá–. Ahora ya sabes la verdad. Pero no te preocupes, porque no tengo intención de pedirte nada.

Dante no ocultó su indignación al escuchar aquello.

–¿Crees que voy a quedarme cruzado de brazos después de recibir una noticia como esta?

–No espero nada de ti, Dante. Bea y yo nos las hemos arreglado perfectamente hasta ahora sin ti. Por mí puedes irte tranquilamente. No tengo pruebas de que Bea sea tuya.

–No necesito ninguna prueba –dijo Dante con aspereza a la vez que se levantaba y se ponía a pasear de un lado a otro del cuarto de estar–. Si tú dices que lo es, te creo.

Rose permaneció sentada, mirándolo con tal expresión de tristeza que Dante volvió a sentarse a su lado y la tomó de la mano.

–¿Por qué me miras así?

–Ha sido muy duro contarte la verdad, Dante. Temía que no me creyeras. A fin de cuentas, han pasado cuatro años desde aquella noche, y lo más probable era que la hubieras olvidado.

–No he olvidado nada –replicó Dante con dureza–. En cuanto te vi en Florencia me sentí transportado de nuevo a la boda de Charlotte y recordé cada detalle de mi encuentro con la encantadora chica que me robó el corazón.

–El corazón que ya pertenecía a otra –dijo Rose con amargura.

–Elsa nunca tuvo mi corazón. Solo quería mi nombre y mi dinero. Pero como había menos dinero del que esperaba, se llevó una gran decepción.

–¿La amabas?

–Cuando la conocí la deseé, y ella deseaba echarle el guante a un Fortinari –dijo Dante con ironía–. Lo cierto es que acabé alegrándome de que Enrico Calvi me la quitara de encima –añadió a la vez que volvía a tomar a Rose de la mano–. Pero ahora vamos a hablar de cosas más importantes. ¿Cuándo podemos casarnos?

Capítulo 6

U N MOMENTO! –Rose negó vehementemente con la cabeza–. Eso no va a suceder, Dante.

–¿Por qué? –Dante se levantó y tiró de la mano de Rose para que hiciera lo mismo–. Hemos tenido una hija juntos...

–Eso solo fue por accidente, no porque tuviéramos una relación real. No te he contado la verdad para obligarte a casarte conmigo. Ni quiero ni necesito un marido.

–Pero no se trata solo de ti –dijo Dante con severidad–. Mi hija necesita un padre. No tardará en preguntar por qué no tiene uno. También se lo preguntarán otros niños. ¿No has pensado en eso?

–Claro que lo he pensado –Rose suspiró–. Pero me gusta ser yo quien dirija mi vida, y la de mi hija. Si me casara contigo, supongo que querrías que nos fuéramos a vivir a Italia.

–Naturalmente. Allí tengo una casa, y también a mi familia.

–Eso no es base suficiente para un matrimonio real, Dante.

–¿Tan dura te parece la idea de ser mi esposa?

–Creo que sería un error precipitar las cosas. Antes de tomar una decisión tienes que hacerte a la idea.

Dante se levantó y se cruzó de brazos.

–Si no te casas conmigo exigiré pasar tiempo con mi hija.

–Por supuesto –dijo Rose, secretamente decepcionada–. ¿Por qué no escuchas lo que tengo que decirte antes de que empecemos a pelear?

–De acuerdo –repuso Dante en tono reacio–. Habla, Rose.

–Lo siento. No pretendía ser tan brusca, Dante, pero no podemos pasar por alto que en realidad somos dos desconocidos. Antes de dar un paso tan importante como el del matrimonio deberíamos conocernos mejor.

–¿Es eso lo que sientes, Rose? ¿Que soy un desconocido? ¿Cómo puedes decir eso después de lo que pasó aquí entre nosotros la última vez?

Rose sintió que le ardía el rostro.

–Es evidente que en ese sentido somos... compatibles.

–¿Compatibles? –Dante se rio sin humor–. Si te refieres a que me gustaría estrujarte ahora mismo entre mis brazos y besarte hasta que te sintieras impotente para rechazarme, tienes razón. No me mires así –añadió–. No pienso recurrir a la coacción física. Pero tampoco pienso darte otra opción. Te casarás conmigo y vivirás en Italia conmigo y con nuestra hija.

–¿Ah, sí? –replicó Rose con dureza–. El haber averiguado que eres el padre de Bea no te da derecho a volver nuestras vidas patas arriba.

–Te equivocas. Me lo da. Mi hija debe crecer sabiendo que tiene un padre que la quiere y se preocupa por ella. Si no quieres casarte conmigo, tendrás que compartir a Bea conmigo. Le encantará mi casa y tendrá primos con los que jugar, unos abuelos que la adorarán, además de varios tíos y tías –Dante agitó la cabeza, repentinamente maravillado–. Me había resignado al papel de tío. Descubrir que soy padre me produce una inmensa alegría –frunció el ceño de nuevo al mirar a

Rose–. También me produce una gran frustración que la madre de mi hija no quiera casarse conmigo.

–Antes de dar un paso tan importante como ese tendría que estar segura de que a Bea también le haría feliz.

Dante miró un momento a Rose antes de acuclillarse ante ella para tomarla de las manos.

–Esto es lo que haremos, Rose. Volveré a Fortino a hablar con mis padres y con mi hermano. Luego regresaré aquí a alojarme unos días en el Hermitage para poder estar con Bea. Después podrás llevarla a Villa Castiglione de vacaciones para que conozca a mi familia. ¿Estás de acuerdo con este plan?

Tras pensarlo un momento, Rose asintió, reacia.

–Estupendo. Pero antes debemos decir a Bea que soy su padre –Dante se incorporó y cerró los ojos de pronto–. *Dio*! ¡Aún no me lo puedo creer!

–Si tienes alguna duda al respecto, dilo ahora y olvidaremos todo el asunto.

–Me refería a que no puedo creer mi buena suerte por haber tenido una hija tan maravillosa contigo.

–¡Pero por un mero accidente! –Rose miró a Dante con firmeza–. ¿Querrías tener más hijos si nos casáramos?

–Seguro que sí. De manera que, si estás pensando en un matrimonio de conveniencia o algo parecido, olvídalo. Tendrás que compartir mi vida. Y mi cama –Dante tiró de las manos de Rose para que se levantara y poder tomarla entre sus brazos–. ¿Tanto te costaría hacerlo?

–No –admitió ella, nuevamente ruborizada–. Sabes muy bien que no.

Dante sonrió, victorioso, y estaba a punto de besarla cuando un grito procedente del piso de arriba los sobresaltó.

Rose se volvió de inmediato y corrió escaleras arriba,

seguida de cerca por Dante. Cuando entraron en el cuarto de Bea la encontraron en el suelo, junto a la cama, llorando a la vez que alargaba los bracitos hacia su madre.

Rose la tomó en brazos y corrió con ella al baño, donde Bea vomitó copiosamente.

–También he ensuciado la cama –dijo la niña, llorosa, mientras Rose la abrazaba murmurando palabras de consuelo. Cuando miró a su alrededor para ver qué estaba haciendo Dante, comprobó que había desaparecido.

¡Menudo padre de pacotilla!, pensó, pero Dante reapareció en el umbral de la puerta del baño un instante después con un montón de sábanas en los brazos.

–He quitado la ropa de la cama y voy a llevarla abajo. Dime dónde tienes sábanas limpias, Rose.

–En el armario que hay en el rellano –dijo ella, sorprendida–. Las cosas de Bea están en los estantes de arriba.

Dante miró a Bea con expresión compasiva.

–*Poverina*! ¿Ya te encuentras mejor, cariño?

–Me duele la tripita.

–Enseguida te sentirás mejor en la cama recién hecha –le aseguró Dante.

Cuando Rose salió tras haber bañado a la pequeña y haberle puesto un pijama limpio, Dante ya tenía la cama preparada, con Pinocho y el osito incluidos.

–Veo que eres un hombre de muchos talentos –murmuró Rose mientras metía a Bea en la cama.

–¿Me lees un cuento, Dante? ¿Por favor? –preguntó Bea con una débil sonrisa.

Rose tuvo que parpadear con fuerza al ver la arrobada expresión de Dante y se volvió hacia la estantería.

–¿Qué tal *Pinocho*? –sugirió tras carraspear–. También es italiano.

–Buena elección –dijo Dante a la vez que Bea asentía–. ¿Dónde me siento?

–En la cama –dijo Bea mientras se acurrucaba contra las almohadas.

–Mientras, yo voy a preparar algo de beber –dijo Rose, que tuvo que salir rápidamente de la habitación para no romper a llorar ante la visión de Bea junto al padre que no sabía que tenía.

Tras meter la ropa sucia en la lavadora y cambiarse, pues su camiseta también se había ensuciado, volvió arriba justo cuando Dante terminaba de leer el cuento. Tras comprobar que Bea ya estaba plácidamente dormida, la besó en la frente y se volvió hacia Rose con un dedo en los labios. A continuación la siguió escaleras abajo.

–¿Te apetece un café, o una copa? –preguntó ella, repentinamente incómoda, sin saber qué decir o hacer.

–Café, por favor. Así estaré más despejado para conducir. Casi me quedo dormido leyéndole a Bea. Te acompaño a la cocina mientras lo preparas. Luego debo irme.

–Gracias por tu ayuda –dijo Rose mientras ponía agua a hervir–. Me has dejado impresionada.

–Ya he tenido que ayudar en situaciones parecidas –contestó Dante en tono despreocupado–. Puede que la abuela le haya consentido algún dulce después de cenar y le haya sentado mal.

–Mamá suele ser bastante estricta, pero Tom no, así que puede que Bea haya logrado engatusarlo para que la invite a algo.

–Debe de ser difícil negarse a sus deseos –dijo Dante con una sonrisa.

Cuando estuvieron sentados uno frente al otro a la mesa de la cocina con sus respectivas tazas de café, Rose sonrió.

–Pensaba que las *mammas* de los hombres italianos los mimaban terriblemente y lo hacían todo por ellos, pero tú has sido realmente eficiente esta noche. Gracias.

–Es cierto que de pequeño mi madre me mimaba mucho, pero ahora sé ocuparme de mí mismo. Cuando Elsa dejó mi familia me bombardeó con invitaciones a comer –Dante sonrió con ironía–. Yo lo único que quería era que me dejaran en paz, pero por lo visto era imposible.

–Es obvio que tu familia te quiere mucho.

–Y también os querrán a ti y a Bea –Dante alargó una mano para tomar la de Rose, pero la retiró de inmediato al notar cómo se tensaba–. Ahora será mejor que me vaya y te deje dormir.

Rose lo acompañó hasta la puerta con la mente hecha un torbellino. Por una parte quería meterse en la cama y taparse con las mantas hasta la cabeza y por otra le habría encantado meterse en la cama con Dante y olvidarse del mundo.

–Dime la verdad, Dante. ¿Cómo te sientes ahora que te he contado lo de Bea?

–Asombrado, desconcertado... y feliz –contestó él con sencillez a la vez que la tomaba entre sus brazos–. Y me sentiré aún más feliz cuando seas mi esposa, Rose. Es inútil que luches contra ello. Es tu destino. Estamos hechos el uno para el otro –tras besar la boca que Rose había abierto para protestar, añadió–: *Arrivederci, tesoro.*

Rose lo contempló mientras se alejaba hacia el coche. Luego cerró la puerta y se apoyó un momento en ella, sintiéndose sin fuerzas. Pero se apartó de repente, irritada. Era hora de dejar de comportarse como el personaje de una novela romántica y de ponerse a hacer sus tareas nocturnas. Al día siguiente tenía trabajo, como de costumbre. Aunque, por una vez, no le iría mal tomarse un día libre. Tenía todas las contabilidades al día y no tenía ninguna visita que hacer al día siguiente. Su madre estaría desesperada por saber cómo habían ido las cosas, de manera que, después de llevar a Bea al cole, si es que estaba totalmente recuperada, iría a darle un informe completo mientras desayunaban.

Para alivio de Rose, Bea durmió de un tirón toda la noche y a la mañana siguiente estaba en plena forma.

–Me gusta Dante –dijo la pequeña cuando terminó su desayuno–. ¿Podrá volver a leerme un cuento?

–Espero que sí.

–A ti también te gusta, mami –afirmó Bea.

–Así es. Y ahora, más vale que nos pongamos en marcha si no queremos llegar tarde.

Cuando Rose volvió a casa del colegio encontró a Grace esperándola con el café preparado.

–Es evidente que no has pasado una buena noche –dijo su madre con expresión preocupada–. ¿Dante no te creyó?

–Oh, sí que me creyó. Al principio se quedó anonadado, pero cuando finalmente asimiló la noticia se empeñó en que teníamos que casarnos de inmediato.

Grace frunció el ceño.

–Pero no es eso lo que quieres, ¿verdad?

–No. Como le dije a Dante, somos prácticamente unos desconocidos. Le dejé bien claro que antes de tomar una decisión como esa tendríamos que conocernos mejor y yo necesitaría estar totalmente segura de que a Bea le hacía feliz la idea.

–¿Y estuvo de acuerdo?

–Sí. Enseguida hizo planes para volver a Fortino y organizar las cosas en su trabajo para tomarse unos días libres y volver a alojarse en el Hermitage para poder pasar unos días con Bea.

–Tengo la impresión de que estás en contra de esa idea –dijo Grace con el ceño fruncido.

Rose asintió enfáticamente.

–En cuanto le di la noticia empezó a dar órdenes. Tendría que cambiar mi vida por completo, casarme con él e ir a vivir a Italia en su casa.

Grace fue a rellenar su taza de café.

–Bien por Dante –dijo tras sentarse de nuevo–. A fin de cuentas, podría haber rechazado por completo la posibilidad de ser el padre de Bea.

–No había posibilidad de eso. Se encariñó con ella desde el primer momento –dijo Rose con aire taciturno.

–¿Cómo se lo tomó cuando le diste la noticia?

–Como ya te he dicho, una vez que asimiló la verdad me ordenó casarme con él. Al ver que a mí no me hacía gracia la idea se puso beligerante y exigió pasar tiempo con su hija.

–¿En su casa de la Toscana? –preguntó Grace, sorprendida–. ¿Y qué le dijiste?

–Bea empezó a llorar en ese momento porque había devuelto y los dos subimos corriendo a su habitación.

–¿Cómo llevó el asunto Dante?

–Quitó las sábanas y puso otras limpias mientras yo me ocupaba de Bea. Luego le leyó un cuento para que se volviera a dormir.

–¡Bien hecho, Dante! –dijo Grace con una sonrisa–. Pero, al margen del asunto de Bea, ¿qué sientes por él?

Rose movió la cabeza en un gesto de impotencia.

–Sé que soy una estúpida, pero lo quiero. Siempre lo he querido. Me esforcé mucho por olvidarlo, pero me resultaba imposible cada vez que Bea me miraba con esos ojos suyos.

–¿Y qué siente él por ti?

–Ojalá lo supiera. Aún le gusto, al menos físicamente, pero eso no es suficiente para casarse. El único motivo por el que quiere casarse conmigo es por Bea –Rose se estremeció antes de añadir–: ¿Crees que podría exigirme legalmente que le dejara ver a Bea?

–No lo sé. No aparece como padre en el certificado de nacimiento y nunca habéis vivido juntos. Tampoco es inglés, así que supongo que es bastante improbable. Le preguntaré a Tom.

–Dante piensa que no le cae bien a Tom.

–Y tiene razón. Tom no logra superar el hecho de que te dejara embarazada cuando estaba a punto de casarse con otra. Pero tampoco puede evitar que le guste Dante.

Rose asintió.

–¡Conozco muy bien el sentimiento!

–¿Por qué no vas a acostarte y descansas un poco? Tom y yo nos ocuparemos de recoger a Bea.

–La verdad es que es una idea muy tentadora. Con toda la excitación, anoche apenas pegué ojo –Rose abrazó a su madre–. Me mimas demasiado.

–Toma una ducha y sube a la cama. Daré de comer a Bea antes de traerla a casa –tras besar cariñosamente a su hija, Grace se fue.

Rose se sintió mejor tras darse una ducha, e incluso logró echarse una breve siesta. Cuando se levantó había tomado una decisión. Pensaba pasar la tarde con su hija en el parque y luego viendo una película. ¡Bea no necesitaba un padre! Ya llevaba años arreglándoselas sin uno, y contaba en su vida con la figura masculina de Tom Morley.

Cuando Dante llamó aquella noche, Rose ya estaba lista y armada, esperándolo.

–¿Cómo estás esta noche, cariño? ¿Y cómo está mi pequeña Bea? ¿Ya se ha recuperado?

–Es «mi» pequeña Bea, y las dos estamos perfectamente –replicó Rose secamente.

–¿Qué sucede, Rose? –preguntó Dante tras un momento de silencio.

–No hay trato, Dante. No voy a aceptar tus demandas.

–*Perché*? ¿Qué ha pasado?

–He pensado detenidamente en todo y he decidido que no puedo enfrentarme al caos que puede suponer para nosotras iniciar una nueva vida en otro país. Me gusta mi vida tal como es. No hay lugar para un hombre en ella, ni siquiera para uno tan irresistible como Dante Fortinari –añadió con sarcasmo.

–¿Y pretendes privarme de mi hija? –preguntó Dante acaloradamente–. ¿Solo piensas en ti misma?

–No me quedó más remedio después de que me dejaras embarazada y a continuación te fueras para casarte con otra –le espetó Rose–. Adiós, Dante.

Dante volvió a llamar varias veces, pero finalmente acabó renunciando, cosa que irritó aún más a Rose. Cuando el teléfono sonó una hora después lo descolgó dispuesta a mandar de nuevo a paseo a Dante, pero se contuvo a tiempo al ver el número de quien llamaba.

–Vaya, vaya, Rose Palmer –dijo Charlotte en tono beligerante–. ¿Cuándo pensabas decirme que Dante es el padre de Bea? ¡Me he tenido que enterar por mi padre!

–No se lo dije a Dante hasta anoche, y tú eras la siguiente en la lista. Ni siquiera mi madre lo sabía, así que no te enfades conmigo, por favor –rogó Rose, a punto de llorar.

–Oh, no llores, cariño. Claro que no me voy a enfadar contigo. ¡Pero quiero conocer los detalles!

–Primero lo primero. ¿Cómo te sientes tú?

–A esta hora de la noche me siento bien, pero por las mañanas no tanto. Pero no te preocupes por eso. ¡Me dijiste que el padre de Bea era algún estudiante y en realidad era el mejor amigo de mi marido! Así que venga. Habla.

Con un suspiro, Rose volvió a contar la historia, punteada por las exclamaciones de asombro de Charlotte.

–Has sido tan valiente, Rose, enfrentándote a todo sin contárselo a nadie, trabajando tan duro para que Bea tenga todo lo que necesita... Pero en realidad las pistas estaban ahí. Nunca querías escuchar cuando surgía el nombre de Dante en las conversaciones, pero yo pensaba que era debido a Elsa la Bruja. Supongo que Dante no te la mencionó mientras te conquistaba, ¿no?

–¡Claro que no! –replicó Rose, indignada–. De lo contrario lo habría mandado a paseo.

–¡Por supuesto! Y ahora que Dante sabe que es el padre de Bea, ¿qué va a pasar?

–Me ha ordenado casarme con él e irme a vivir con Bea a su casa.

–¡Genial! –exclamó Charlotte, pero enseguida añadió–: Pero no vas a hacerlo, claro.

–No. Hasta ahora me las he arreglado, en gran parte gracias a mi maravillosa madre y a tu maravilloso padre. Dante puede dar las órdenes que quiera, pero no pienso moverme de aquí.

–Ojalá pudiera ir a verte, pero Fabio está empeñado en que no viaje durante una temporada. ¿Qué te parece si te mando los billetes para que vengas con Bea?

–Ahora mismo no podría, cariño –dijo Rose, que lo

último que quería era estar cerca de donde vivía Dante–. Puede que más adelante.

Tras aquella conversación fue a comprobar que Bea estaba dormida y luego se tumbó a la espera de que sonara el teléfono. Todo lo que Dante tenía que hacer en lugar de dar órdenes era tratar de convencerla de que quería casarse con ella porque la amaba.

Cuando finalmente sonó el teléfono, prácticamente dio un salto, pero tardó unos momentos en tomarlo al ver el número.

–Has tardado en contestar –dijo Grace desde el otro lado de la línea.

–Pensaba que era Dante de nuevo.

–Supongo que no piensas contestar cuando llame.

–¿Cómo lo has adivinado?

–Porque Dante ha llamado a Tom y le ha pedido hablar conmigo. Está desesperadamente preocupado por ti, cariño.

–¡Me alegro!

–Le he asegurado que tanto tú como Bea estáis bien, y le he aconsejado que no trate de ponerse en contacto contigo por un tiempo.

–¿Y qué ha dicho?

–Que trataría de seguir mi consejo, pero que le iba a costar mucho hacerlo.

–Deberías haberle dicho que no volviera a ponerse en contacto conmigo nunca más.

–Te conozco, Rose, y sé que si hubiera hecho eso te habrías entristecido mucho. Por eso le he dado la oportunidad de hacerte cambiar de opinión cuando te calmes.

–¡No se trata de una rabieta infantil, mamá!

–Lo sé. Pero también he captado el sufrimiento de Dante en su tono de voz. Prométeme que hablarás con él cuando llame.

–Lo pensaré.

Y, ciertamente, Rose fue incapaz de pensar en otra cosa a partir de entonces. Trató de concentrarse en su trabajo, y en pasar sus ratos libres con Bea, pero vivió en un constante estado de tensión esperando la llamada de Dante.

Una llamada que nunca llegó.

Capítulo 7

SUPUSO un auténtico alivio pasar gran parte del domingo siguiente en la casa de Tom. Bea disfrutó tanto del día que protestó bastante cuando llegó la hora de irse. Afortunadamente, se quedó dormida en su sillita del coche en cuanto arrancaron.

–Despierta, Bea –dijo Rose cuando estaba deteniendo el coche frente a su casa, y de pronto se le hizo un nudo en la garganta al ver una conocida figura ante la puerta.

Dante se acercó de inmediato para ayudarla. Cuando Rose soltó a Bea, alargó los brazos hacia ella.

–Yo me ocupo de llevarla –se ofreció Dante.

–Vaya sorpresa –dijo Rose con frialdad.

–Tenemos que hablar, y ya que no quieres contestar a mis llamadas, he decidido venir en persona –dijo Dante antes de mirar con ternura a Bea. La niña abrió los ojos y sonrió de oreja a oreja al ver quién la tenía en brazos.

–¡Dante! ¿Vas a leerme un cuento?

–Por supuesto, *piccola*.

Rose abrió la puerta para dejarlo pasar al interior y encendió las luces.

–¿Te ocupas de subirla directamente a su habitación, por favor? Ahora te llevo unos libros para que Bea elija qué cuento quiere.

Tras subir los libros bajó de nuevo a preparar un café que llevó en una bandeja al cuarto de estar. Dante se reunió con ella unos minutos después.

–Bea se ha dormido enseguida. Supongo que no habrá parado de corretear en todo el día.

Rose asintió.

–¿Te apetece un café?

–Sí, claro –dijo Dante con una irónica sonrisa.

–¿A qué viene esa sonrisa?

–Estás siendo tan educada y circunspecta...

–Es solo para ocultar lo preocupada que me siento por tu repentina visita.

–No tienes por qué preocuparte, Rose –dijo Dante con un encogimiento de hombros–. Ya que mi primera propuesta no te gustó, he venido a hacerte otra.

Rose se sentó en el sofá y se quedó mirándolo.

–¿De qué se trata?

Dante también se sentó, pero teniendo cuidado de dejar un espacio entre ellos.

–Creo que lo mejor para Bea sería que nos casáramos para poder ofrecerle el amor y la seguridad de una familia normal, pero ya me dejaste muy claro que valoras demasiado tu independencia como para hacer algo así.

–Es cierto –admitió Rose, reacia.

Dante asintió lentamente antes de continuar.

–El plan que te propongo es sencillo. Organiza las cosas en tu trabajo para poder tomarte unos días libres y llevar a Bea a Italia a pasar unas vacaciones. Podremos visitar a Charlotte y a Fabio, y a mi familia, naturalmente. Mi madre está deseando conocer a su nieta.

–Pero seguro que no está deseando conocerme a mí.

–Te equivocas, Rose. Le he hablado mucho de ti y te admira por cómo te has esforzado a solas por nuestra hija. En mi casa hay suficientes habitaciones y no tienes por qué compartir la mía –aseguró Dante con suavidad–. Todo lo que te pido es una semana para comprobar si a Bea le gusta el estilo de vida italiano.

–¿Estás diciendo que si le gusta esperas que la deje ir de vez en cuando?

–Bea es demasiado pequeña para hacer eso sin su madre –Dante apoyó un dedo bajo la barbilla de Rose para obligarla a mirarlo–. Tú irías con ella.

–¿Y si no le gusta ir a Italia?

–Entonces yo tendré que pasar tiempo aquí.

–¿Aquí? ¿En mi casa?

Dante se rio sin humor.

–No espero que me concedas tal privilegio. Me hospedaría en el Hermitage y vendría aquí para salir con ella de vez en cuando.

Rose lo miró con expresión derrotada.

–De acuerdo –dijo, reacia–. Llevaré a Bea a Italia, pero solo una semana. No puedo tomarme más tiempo libre.

–*Bene*. Avísame cuando vayas a estar libre –dijo Dante a la vez que se levantaba–. Y ahora debo irme.

Rose lo acompañó a la puerta.

–¿Cuándo vuelves a Italia?

–Mañana por la mañana. Ha sido una visita realmente breve porque tengo mucho trabajo esperándome y mucho que viajar por Italia –Dante le tomó la mano a Rose y se inclinó formalmente ante ella–. *Arrivederci*, Rose.

–Adiós –contestó Rose, indecisa–. Siento que hayas tenido que venir hasta aquí. Debería haber consentido en hablar contigo por teléfono.

Dante se encogió de hombros.

–Ha merecido la pena por volver a ver a mi hija.

Rose tuvo que esforzarse para ocultar el dolor que le produjo aquel comentario.

–Cuando vaya a Italia con Bea debes dejar claro a tu familia que solo se trata de unas vacaciones, que aún no hemos acordado nada permanente.

–*Va bene*. Si así lo deseas, así será. Pero ¿qué pasará si a Bea le gusta estar en mi casa?

–No adelantemos los acontecimientos. Vayamos paso a paso.

–Hay algo que tendrás que hacer inevitablemente antes de llevar a Bea a Villa Castiglione. Tendrás que decirle que soy su padre –Dante tomó a Rose por los hombros e ignoró la mano con que ella trató de apartarlo–. Seamos sinceros el uno con el otro, Rose.

–Ojalá hubieras sido tú sincero conmigo cuando nos conocimos –le espetó ella con mirada tormentosa, pues aún no había logrado superar el engaño de Dante. A pesar del tiempo transcurrido, el dolor seguía lacerando su corazón.

–No te mentí –dijo Dante con voz ronca–. Teniéndote en mis brazos me olvidé por completo de la existencia de Elsa...

–Pasamos bastante tiempo juntos ese día antes de que me abrazaras. Y aunque no me mentiste, omitiste decirme que estabas comprometido, y eso es tan malo como mentir.

–¡Tienes razón! Pero estaba disfrutando tanto bailando y riendo contigo que no podía estropear el momento mencionando a Elsa –Dante atrajo a una reacia Rose hacia sí–. Caí bajo tu embrujo a primera vista y cuando nos besamos en tu habitación perdí por completo el control. Resultó una auténtica agonía tener que dejarte y, a pesar de la preocupación que sentí por mi abuela durante el vuelo de regreso a casa, decidí decirle a Elsa que no podía casarme con ella, que había conocido a otra mujer.

Rose lo miró con expresión incrédula.

–Pero es evidente que no lo hiciste –dijo finalmente.

–Lo hice –replicó Dante con expresión de desagrado–.

Fue realmente horroroso ver a alguien tan físicamente bella convertirse en una bruja ante mis ojos. Me espetó que estaba esperando un bebé, lo que, como ella muy bien sabía, no me dejaba opción. Mi abuela murió al día siguiente y, en mi dolor, lo único que sentí fue alivio cuando Elsa renunció a su plan de una gran boda. En lugar de ello organizó una rápida boda civil para asegurarse de lo que pretendía: convertirse en una Fortinari.

–¿Y qué pasó con el bebé? –preguntó Rose, anonadada.

–No había ningún bebé. Elsa mintió. Me lo dijo en nuestra noche de bodas. Me dijo que había sido un estúpido arrogante por creer que iba a estropear su figura para darme un hijo. Sentí tal repugnancia que no volví a tocarla nunca –Dante se rio sin humor–. Le gente sintió compasión por mí cuando me dejó, pero yo me alegré.

–¿Nunca le habías contado esto a nadie?

–Solo a Leo, de manera que supongo que Harriet también lo sabrá. Si hubiera sabido que te habías quedado embarazada, sé que jamás habría llevado adelante esa farsa de boda.

–¿De verdad le dijiste a Elsa que querías cancelar la boda porque me habías conocido? –preguntó Rose tras mirarlo atentamente.

–Sí. ¿No me crees?

–Quiero creerte.

–Noto que aún tienes dudas. Pero no importa –añadió Dante a la vez que se apartaba de ella–. Te llamaré la semana que viene para saber cuándo vas a poder venir. Yo me ocuparé de los preparativos del viaje.

–Espero que a Bea le guste viajar en avión.

–Estaremos juntos, así que no habrá problema.

–¿Vas a venir a recogernos? –preguntó Rose, desconcertada.

–¿Te sorprende?

–Pues... sí, la verdad. Suponía que iría sola con Bea.

–Si prefieres que sea así...

–¡No! Claro que no. Gracias.

Dante asintió.

–Ahora debo irme. Te llamaré pronto, y espero que en esta ocasión respondas a mis llamadas y hables conmigo. *Arrivederci*, Rose –añadió y, en lugar de besarla, como esperaba Rose, se limitó a dedicarle una sonrisa antes de volverse y salir.

Capítulo 8

UNO DE los principales obstáculos a los que aún tenía que enfrentarse Rose era informar a Bea de que Dante era su padre. Su madre le aconsejó hacerlo enseguida, antes de que Dante volviera a llamar, de manera que por la noche, tras haberle leído el habitual cuento, le dijo que tenía noticias muy emocionantes para ella. Iban a ir a Italia, donde vivía tía Charlotte, a pasar unos días en casa de Dante.

–¿En el coche? –preguntó Bea con el ceño fruncido.

–No. Dante nos llevará al aeropuerto para que tomemos un avión.

–¿Nos vamos mañana? –preguntó la niña con los ojos abiertos de par en par.

–Mañana no, pero pronto.

–¿Hay libros de cuentos en casa de Dante?

–No lo sé. Por si acaso llevaremos los nuestros.

–De acuerdo.

Rose respiró profundamente antes de continuar.

–Tengo un secreto que contarte, cariño.

–¿Qué secreto?

–Dante es tu papá.

Bea abrió los ojos aún más que antes.

–¿Un papá de verdad, como el de Holly?

–Sí.

–¿Me llevará al colegio? –preguntó Bea al cabo de unos tensos momentos.

–Sí, seguro que sí.

Bea sonrió con expresión de triunfo.

–Dante es mucho más bueno que el papá de Holly.

–¿Te cae bien?

–Sí –tras una nueva pausa, Bea añadió–: ¿Por qué no había venido antes?

–Porque yo no le dejaba.

–¿Por qué?

–Porque he sido una tonta –Rose se inclinó a besar a su hija–. Y ahora, a dormir. Si quieres puedes contarles tu secreto al osito y a Pinocho.

–¿Y a la abuela y a Tom también?

–Sí. Por la mañana.

Tras unos ajetreados días, Rose logró arreglar las cosas y le comunicó a Dante que tenía libre la siguiente semana.

–*Ottimo*. Hoy me ocuparé de todos los preparativos del viaje y mañana te llamaré con los detalles.

–No te molestes en ir a un hotel cuando vengas. Puedes alojarte en mi casa... si quieres.

Dante permaneció unos momentos en silencio.

–Será un placer ir a tu casa, Rose. *Grazie*.

Al día siguiente, Rose se hallaba en medio de una interminable sesión de planchado cuando llamó Dante para decirle que iría a Inglaterra el domingo por la tarde y que el lunes por la mañana tomarían un vuelo a Pisa.

Cuando llegó el domingo y Dante llamó a la puerta de la casa de Rose, Bea prácticamente voló a abrir y le dedicó una radiante sonrisa.

–¡Dante, Dante! ¡Tengo un secreto!

–¿Un secreto? ¡Qué emocionante! –dijo Dante, que,

tras dejar su bolsa de viaje en una silla, tomó a la niña en brazos–. ¿Vas a compartirlo conmigo?

Tras saludar a Rose y besarla en la mejilla, la siguió a la cocina, donde se sentó con Bea en su regazo.

–Y ahora, *piccola,* ¿cuál es ese secreto?

Bea lo miró con expresión de triunfo.

–¡Que tú eres mi padre!

Dante cerró los ojos con fuerza a la vez que abrazaba a la niña.

–Es un secreto maravilloso, que me hace muy feliz. ¿A ti también te ha hecho feliz?

Bea asintió con auténtico fervor.

–También se lo he contado a la abuela y a Tom.

Dante intercambió una mirada con Rose por encima de la cabecita de Bea.

–¿Y les ha gustado tu secreto?

–Sí. ¿Ahora vendrás a recogerme tú al colegio?

–Me encantará hacerlo en cuanto tu mamá diga que puedo.

Bea dedicó una imperativa mirada a su madre.

–¡Todos los días!

–Dante no vive aquí, cariño –dijo Rose con expresión de impotencia.

–Pero iré a recogerte cada vez que venga a Inglaterra, *piccola* –prometió Dante, y miró a Rose para indicarle que ya hablarían luego de ello.

–Mamá fue tonta –dijo Bea.

–Lo dice porque no te he dejado venir hasta hace poco –explicó Rose, lamentando no haberse explicado mejor antes de la llegada de Dante.

Dante sonrió amorosamente a su hija.

–Ahora vamos a pasar unos días juntos en mi casa de Italia.

–¿Tienes otros niños en tu casa?

–Tú eres mi única hija, *piccola*.

–Pero... ¿recuerdas a Harriet, la encantadora señora que vino a visitarnos un día? –preguntó Rose.

Bea asintió con entusiasmo.

–¡Ella tiene niños!

–Eres muy lista por recordarlo –dijo Dante, orgulloso–. El papá de los niños de Harriet es Leo, mi hermano. Iremos a su casa a jugar con Luca y Chiara.

Aquella noche, debido a la excitación, Bea tardó más de lo habitual en dormirse. Después, Rose se sintió muy cómoda mientras cenaba con Dante, pero empezó a sentirse más tensa cuando llegó la hora de acostarse y lo acompañó a la planta de arriba.

–Vas a alojarte en mi cuarto –dijo a la vez que abría la puerta y se apartaba para dejarlo pasar–. Espero que estés cómodo.

–¿Y dónde vas a dormir tú, Rose?

–En el sofá cama de mi estudio.

–Debería ser yo el que durmiera allí para que tú estuvieras cerca de Bea.

–La cama del estudio es pequeña para ti, y además oigo a Bea esté donde esté.

Cuando Rose se volvió para salir del cuarto, Dante se interpuso en su camino.

–No puedo quedarme con tu cama, *cara*. Pero hay una solución evidente para el problema –añadió a la vez que tomaba a Rose entre sus brazos–. Compártela conmigo.

Rose abrió la boca para protestar, pero Dante la interrumpió besándola. El cuerpo de Rose reaccionó involuntariamente, disfrutando del contacto con el musculoso y tenso cuerpo masculino de Dante. Él alzó la cabeza para murmurarle algo al oído.

–No entiendo –dijo Rose roncamente.

–Claro que entiendes, *tesoro* –le susurró Dante–. Te deseo, Rose.

«Deseo, no amor», pensó Rose sombríamente.

–Y creo que tú también me deseas a mí –añadió Dante.

–Sí –admitió Rose, que, al borde de las lágrimas, logró apartarse–. Pero no tanto como para permitir que vuelvas a poner mi vida patas arriba.

–Ah, *carissima*, no llores o se me partirá el corazón.

–¡Entonces sabrás cómo me sentí yo cuando me rompiste el mío! –dijo Rose con toda la firmeza que pudo, y a continuación salió del dormitorio.

El segundo viaje de Rose a Italia fue muy distinto al primero, y no solo por la compañía, sino sobre todo por los nervios que le producía la perspectiva de tener que conocer a la familia de Dante.

Cuando el avión empezó a descender se preguntó con ansiedad si estarían esperándolos en masa en Villa Castiglione, o si tendría algo más de tiempo para hacerse a la idea.

Al notar que Dante le tocaba la mano se volvió a mirarlo. Bea, que había acabado agotada con la excitación de las novedades del viaje, dormía plácidamente sentada entre ellos.

–¿Te sientes mal, *cara*?

–No, solo estoy un poco nerviosa.

–¿Por el aterrizaje?

–No. Por tener que conocer a tu familia.

–No los vas a conocer hoy –le aseguró Dante–. He pedido a mis padres que esperen a mañana –sonrió al ver que Bea abría los ojos y se estiraba–. Hola, *bella*. Ya casi hemos llegado.

Beatrice Grace Palmer hizo su entrada en la terminal de equipajes del aeropuerto tomada de la mano de su madre y de su padre. Cuando llegaban a la cinta que les correspondía, Rose vio a un joven que los saludaba vigorosamente con la mano.

–Es Tullio, que ha venido a traerme el coche –explicó Dante–. También nos ayudará con el equipaje.

Tullio sonrió de oreja a oreja cuando Dante le presentó a Rose y a Bea, que se excitó mucho al localizar el equipaje de su madre en la cinta transportadora.

–¡Papi, papi! ¡Es nuestro equipaje!

Dante dedicó una mirada tan emocionada a Rose que ella sintió que se derretía.

–Así es, *tesoro* –dijo con voz ronca–. Y la maleta que hay al lado es la mía.

Tullio se encargó de meter el equipaje en el maletero del coche mientras Rose se ocupaba de poner el cinturón a Bea. Dante se había encargado de que hubiera una sillita lista para ella en el coche. Al oír que Rose se reía, se volvió a mirarla.

–¿Qué te hace gracia, cariño?

–Tu magnífico coche queda un poco ridículo con la sillita de un niño a bordo.

–Pero tendrá que acostumbrarse, ¿no?

Tras una breve conversación con Tullio, este se despidió.

–¿Adónde va? –preguntó Bea.

–A tomar un taxi para volver al trabajo.

–¿A qué se dedica? –preguntó Rose mientras Dante le abría la puerta del pasajero.

–Trabaja para mí. Se le da muy bien la venta.

–Pero seguro que no tan bien como a ti.

–Pronto me superará. Está deseando aprender. Y una

ventaja para ser vendedor es que es un joven atractivo, ¿verdad?

–¡Muy atractivo! –Rose se volvió a sonreír a Bea, que estaba acunando a su Pinocho–. ¿Estás cómoda, cariño?

Bea asintió, feliz.

–Y ahora vamos a casa –dijo Dante tras poner en marcha el poderoso motor de su coche.

Tras recorrer un trecho por una transitada autopista salieron a una cimbreante carretera bordeada aquí y allá por grupos de altos cipreses que parecían signos de exclamación ante la belleza del paisaje de la Toscana.

–¿Ya hemos llegado? –preguntó una vocecita desde atrás–. Pinocho y mi osito quieren salir ya.

–Enseguida llegamos –dijo Dante, que se volvió sonriente hacia Rose.

Unos minutos después el coche cruzaba una entrada flanqueada por dos enormes pilares de piedra que daban paso a unos cuidados jardines escalonados. Dante detuvo el vehículo ante una amplia escalinata que llevaba a una terraza adornada con antiguas estatuas y muchos parterres llenos de flores.

–Bienvenidas a Villa Castiglione –dijo tras apagar el motor.

Rose permaneció tan silenciosa como su hija mientras contemplaban la fabulosa y antigua casa de piedra ante la que se encontraban.

Dante abrió la puerta para que Rose saliera.

–¿Te gusta mi casa?

–Es maravillosa –murmuró Rose, extasiada ante las vistas.

–¡Yo también quiero salir! –protestó Bea desde su asiento. Dante se rio y acudió rápidamente en su rescate.

Pero, cuando dejó a la niña en el suelo, Bea alzó los bracitos hacia él, repentinamente asustada al ver que alguien salía de la casa.

Rose estuvo a punto de hacer lo mismo al ver a una regia mujer de pelo plateado encaminándose hacia ellos.

–*Mamma!* –Dante sonrió afectuosamente mientras besaba y abrazaba a su madre–. No has podido esperar.

–No, *caro* –Maria Fortinari se volvió hacia Rose–. Bienvenida a la casa de mi hijo. Dante me pidió que esperara a mañana, pero no podía permitir que no hubiera nadie para daros la bienvenida.

Rose sonrió tímidamente.

–Ha sido un detalle muy amable. Gracias.

–¿No vas a presentarme a mi nieta, *cara*?

Bea se había recuperado rápidamente de su ataque de timidez y, a salvo en brazos de Dante, miró a la madre de este con curiosidad.

–Esta es Beatrice Grace, *signora* –dijo Rose–. Y esta encantadora dama es tu abuela, cariño.

–Bájame, papi, por favor –dijo Bea seriamente.

Una vez en el suelo se acercó a la madre de Dante, que le acarició los rizos y sonrió cálidamente mientras miraba los inconfundibles ojos azules de Bea.

–Me gustaría mucho darte un beso, Beatrice.

Rose cruzó mentalmente los dedos, rogando para que Bea cooperara, y soltó el aliento cuando su hija alzó el rostro hacia su nueva abuela, que le plantó un sonoro beso en cada mejilla.

–*Grazie*, Beatrice.

Pero aquel nombre pronunciado en italiano resultó demasiado extraño para la niña, que negó con la cabeza.

–Me llamo Bea.

Maria sonrió, encantada.

–¡Pero ese es un nombre muy corto para una niña tan mayor como tú! –dijo mientras tomaba a la pequeña de la mano para entrar en la casa.

–Vamos –dijo Dante con un guiño–. Sigámoslas. ¿Te apetece un té, Rose?

–Sí, por favor. Qué casa tan encantadora tienes –dijo Rose mientras miraba a su alrededor.

–Me alegra que te guste –Dante alzó la mirada y sonrió a una mujer que bajaba rápidamente las escaleras para saludarlos–. Heredé a Silvia junto con la casa –murmuró en inglés, y presentó a Rose a la mujer en italiano, que la saludó con una retahíla de buenos deseos en su lengua. Al ver a Bea se llevó las manos a la cabeza y repitió varias veces la palabra *«bella»*.

–¿Qué te apetece tomar, Rose? –preguntó Maria–. ¿Té, café? ¿O prefieres ir antes a tu cuarto?

–Tanto Bea como yo necesitamos ir al baño, *signora* –dijo Rose con una sonrisa–, pero luego me encantaría tomar un té, gracias.

–Yo me ocupo de subirlas mientras tú te encargas de las bebidas –dijo Dante.

–*Subito, caro* –replicó Maria, que le acarició cariñosamente la cabecita a su nieta mientras sonreía a Rose–. Es un placer teneros aquí.

–Es un placer estar aquí, *signora* –aseguró Rose sinceramente.

La habitación a la que las llevó Dante estaba bañada por el sol, tenía una gran cama y contaba con un baño. Unas preciosas cortinas bordadas blancas se balanceaban perezosamente ante las ventanas abiertas.

–Es una habitación encantadora –dijo Rose cuando salió del baño con Bea.

–¿Yo tengo una habitación, papi? –preguntó Bea.

–Por supuesto, cariño, pero iremos a verla después de que hayamos tomado el té con la abuela en el jardín.

Maria Fortinari ya los esperaba sentada a la mesa y con el té preparado cuando bajaron al jardín.

–Ven a sentarte a mi lado, *tesoro* –dijo a la vez que palmeaba la silla que había junto a la suya–. ¿Te gusta el zumo de naranja?

–Sí, gracias –dijo Bea, que, para alivio de su madre, no parecía haber olvidado sus modales.

Rose ocupó la silla que había al otro lado de Maria mientras miraba a su alrededor.

–Qué jardín tan maravilloso –comentó.

–Nosotras también tenemos un jardín –dijo Bea a su abuela–. Tom ayuda a mamá a cuidarlo.

–Tom es el padre de Charlotte Vilari –explicó Dante.

–La abuela vive con él en su casa –añadió Bea antes de empezar a beber su zumo.

–Seguro que te echa mucho de menos –dijo Maria antes de volverse hacia Rose–. Disculpa mi inglés. No es tan bueno como el de mi hijo.

–A mí me parece perfecto. Me temo que yo solo tuve oportunidad de aprender un poco de francés en el colegio. Quise aprender italiano cuando era más joven, pero no tuve tiempo.

–Como te dije, mamá, Rose estuvo muy ocupada sacándose el título de contable –explicó Dante–. Y cuando tuvo el título tuvo que seguir estudiando para poder montar un negocio de contabilidad desde su casa. Así ha podido estar con Bea mientras se ocupaba de ganar dinero para criarla.

–Después de tanto trabajo debes descansar un poco –dijo Maria Fortinari, que a continuación se volvió hacia su hijo–. ¿Por qué no enseñas el jardín a Bea? Seguro que le encanta.

Bea miró a su madre con expresión de ruego.

–¿Puedo ir, mami?

–Por supuesto. Pero antes límpiate las manos y la boquita con la servilleta.

Bea obedeció pacientemente y luego tomó la mano que le ofreció Dante.

–¿Quieres que vayamos a contar las flores que tengo?

Maria carraspeó mientras su hijo se alejaba con su nieta tomada de la mano.

–Tienes una hija preciosa y encantadora, Rose. *Grazie tante* por permitir que Dante la comparta contigo. ¿Te está resultando muy duro todo esto?

–En cierto modo sí –contestó Rose sinceramente–. Hasta hace poco nadie sabía que su hijo era el padre de Bea. Ni siquiera mi madre.

Maria asintió.

–Supongo que si no hubieras vuelto a ver a Dante en Florencia nunca se habría enterado de que tenía una hija, ¿no?

–No –Rose se ruborizó intensamente–. Para cuando supe que estaba embarazada, Dante ya se había casado.

–Supuso un gran disgusto para mí que se casara con Elsa Marino –dijo Maria enérgicamente–. Pero un día mis ruegos fueron escuchados y Elsa dejó a mi hijo para casarse con un rico anciano, Enrico Calvi.

–Yo no me enteré de eso hasta que fui a Florencia. No ha sido fácil para mí volver aquí. Temía que la familia de Dante pensara que lo único que pretendía era atrapar a un padre rico para mi hija.

Maria sonrió.

–Confieso que al principio me temía algo así. Pero cuando Dante me describió cómo te habías esforzado por sacar a tu hija adelante comprendí que no tenía nada que temer. Creo que has sido muy valiente, cariño. Pero ¿qué piensas hacer ahora? Dante dice que te niegas a casarte con él.

–Estoy acostumbrada a dirigir mi propia vida, y aunque Dante y yo tenemos a Bea en común, en realidad aún no nos conocemos bien.

–Pero te sentiste atraída por él en el pasado, ¿no? De lo contrario, Bea no estaría aquí –dijo Maria con una sonrisa.

–Me enamoré locamente de su hijo a primera vista, y creo que él sintió lo mismo por mí. Me quedé destrozada cuando averigüé que estaba prometido, pero mi mundo se desmoronó por completo cuando supe que estaba embarazada.

Maria suspiró.

–Supongo que tu madre estará enfurecida con mi hijo.

–No lo está –contestó Rose con firmeza–. Desde el primer momento le dejé muy claro que lo que sucedió entre nosotros fue mutuo.

Rose se alegró de poder cambiar de tema cuando Bea volvió corriendo hacia ellas perseguida de cerca por Dante.

–¡Mami, mami, hay una piscina! –exclamó la niña a la vez que se lanzaba al regazo de su madre.

–Luego llevaremos a mami a verla –prometió Dante.

–Y mañana vendrás a Fortino a conocer al resto de tu familia –añadió Maria–. ¿Qué te parece si organizamos una fiesta?

Bea miró a su abuela con expresión esperanzada.

–¿Con globos?

–Sí, *carissima*. ¡Con muchos globos! –Maria se rio y se levantó para besar a su nieta en las mejillas–. Y ahora debo irme para ir preparándolo todo. ¡Hasta mañana a todos!

A última hora de la tarde, y debido a toda la excitación del día, Bea no protestó en absoluto cuando su madre le dijo que tenía que acostarse. En cuanto se quedó dormida, Rose se duchó y se puso un vestido en honor a su primera cena con Dante en la casa. Se alegró de su decisión cuando bajó y vio que él también se había puesto un traje claro que acentuaba su elegancia natural y su atractivo.

—Estás preciosa, Rose –dijo Dante con evidente sinceridad.

—Muchas gracias. Tú también estás muy guapo.

—Ya que hoy es una ocasión especial, Silvia se ha ofrecido para quedarse a servirnos la cena.

—¿No vive aquí? –preguntó Rose, sorprendida.

—Vivió aquí en la época de mi abuela, pero luego nos sorprendió a todos casándose con un hombre al que había conocido en su juventud. Ahora viene a trabajar un par de horas diarias en la casa y luego vuelve a la suya con Mario, su marido.

Dante apartó la silla de la mesa para que Rose se sentara y luego ocupó otra frente a ella.

—¿Cómo te sientes ahora que estás aquí, Rose? –preguntó Dante, mirándola atentamente a los ojos–. Para mí resulta increíblemente natural estar aquí sentado contigo, como debería haber sucedido hace tiempo si Elsa no me hubiera mentido –añadió con amargura.

Rose alzó una mano.

—Preferiría que no habláramos del pasado.

Dante asintió.

—*Va bene*. En ese caso, hablemos del futuro.

–No. Esta noche no, Dante. Limitémonos a disfrutar de estar aquí sentados y de la cena de Silvia.

–¿Significa eso que estás disfrutando de mi compañía, Rose?

–Sin duda es mejor que la compañía de mi ordenador –replicó ella con una sonrisa.

Cuando Silvia sirvió la cena, Rose descubrió que estaba hambrienta. No dejó ni rastro de la sopa ni del pollo asado a las hierbas con hortalizas que la siguió. Cuando Silvia empezó a recoger la mesa le dio las gracias y le dijo a través de Dante que la cena le había parecido deliciosa.

–*Grazie tante*, Silvia –dijo, sonriente.

Antes de despedirse, Silvia les dijo que había dejado el café y unas pastas en el salón.

Dante condujo a Rose a una sala con el techo adornado con pinturas y el mobiliario tapizado de terciopelo rojo rubí. Por la abundancia de cuadros y espejos enmarcados en dorado era evidente que el salón no había cambiado mucho desde la época de la abuela de Dante.

–¡Qué salón tan encantador, Dante! Lo has conservado tal como era, ¿no?

–Mi familia insiste en que debería decorarlo a mi manera, según mi propia personalidad, pero yo prefiero esperar.

–¿Hasta que consideres que ya has guardado el luto suficiente por tu abuela?

–No. Hasta que tú y yo podamos decidir juntos cómo lo queremos decorar, Rose. Ahora que sé que tengo una hija, nada podrá interponerse entre nosotros esta vez.

Capítulo 9

ROSE se tensó al escuchar aquello.

–¡Solo estás dispuesto a incluirme en el trato porque estás desesperado por ser su padre! –le espetó.

Dante frunció el ceño.

–Eso no es cierto. Me quedé extasiado contigo en cuanto te vi en la boda de Fabio –dijo a la vez que tomaba a Rose por la barbilla para obligarla a mirarlo–. Es evidente que tú no sentiste lo mismo.

–Claro que sí –replicó Rose con impaciencia–. Me enamoré locamente de ti, Dante. De lo contrario, no habría pasado lo que pasó en la habitación del hotel.

–Aquello cambió tu vida. Cuando lloraste entre mis brazos aquella noche solo pretendía consolarte, pero en cuanto nos besamos me sentí perdido. Y luego, cuando tuve que irme de esa forma tan repentina, me sentí desolado por tener que dejarte –Dante se rio con irónica amargura antes de añadir–: ¡Cómo se burló el destino de mí cuando Elsa me contó sus mentiras!

–Es evidente que debo evitar las lágrimas en el futuro –dijo Rose sombríamente–. Me meten en demasiados líos.

Dante la tomó de la mano.

–También lloraste en tu casa cuando discutimos, ¿te acuerdas?

–Sí –Rose sonrió animadamente–. Tampoco quiero más peleas.

–Me parece un buen plan –asintió Dante–. ¿Eso quiere decir que no vas a volver a discutir cuando diga que debemos casarnos?

Rose pensó que, si Dante dejaba claro que la quería por sí misma, no como mero medio para conseguir una hija, no habría más discusiones. Estaba muy claro que la deseaba físicamente, pero antes de que ella aceptara algo permanente entre ellos Dante tendría que convencerla de que su corazón también estaba implicado. Y le daba igual que aquello fuera lo mismo que pedir la luna. Se las había arreglado bien sin él antes y prefería volver a hacerlo antes de involucrarse en una relación en la que sus sentimientos fueran más fuertes que los de él.

–Sigo pensando que antes debemos tomarnos un tiempo para conocernos mejor.

–Pero ¿cuánto tiempo necesitas? –preguntó Dante, exasperado–. Ya hemos perdido bastantes años. *Scusi!* –añadió de pronto, y sorprendió a Rose saliendo repentinamente del salón.

Rose se quedó momentáneamente desconcertada, preguntándose si no pensaría volver, pero Dante regresó enseguida con un diario con cubiertas de cuero entre las manos.

–Ábrelo –ordenó a la vez que se lo entregaba.

Rose abrió los ojos de par en par al ver que el diario databa de la época en que se conocieron. Al abrirlo, un capullo de rosa marchito cayó de entre sus hojas.

–Se te cayó del pelo el día de la boda –explicó Dante secamente mientras se agachaba para recogerlo–. Lo he conservado todo este tiempo como un tonto sentimental.

Rose sintió que las lágrimas le atenazaban la garganta y parpadeó furiosamente para alejarlas.

–Tengo que ir a ver cómo está Bea –dijo, pero Dante se interpuso en su camino.

–Yo acabo de ir. Duerme como una bendita –la tomó de la mano y la condujo hasta un sofá en el que le hizo sentarse antes de hacer lo mismo junto a ella–. Dices que no nos conocemos lo suficiente como para casarnos, pero la mejor forma de conseguirlo es viviendo juntos como una familia.

–¿Tendrías tanta prisa si no estuviera Bea? –preguntó Rose sin poder evitar cierto tono irónico.

Dante le soltó la mano y suspiró.

–¿Qué más puedo hacer para convencerte? Incluso he sido capaz de avergonzarme a mí mismo enseñándote la rosa que he conservado todo este tiempo. Dices que te enamoraste de mí a primera vista, pero es evidente que tus sentimientos han cambiado –se encogió de hombros–. Pero no importa. Nos casaremos por el bien de Bea, y pronto. No pienso permitir que mi hija crezca pensando que no la quiero.

–¿Y qué haré yo aquí? Tú viajas mucho, yo tengo mi trabajo en Inglaterra...

–Podrías trabajar aquí si quisieras. Harriet ayuda mucho a Leo, y tú podrías ayudarla a ella ocupándote de los turistas ingleses para los que suele hacer de guía. Además, después de casarnos viajaré menos.

Rose había sabido desde el principio que decir «sí» a aquel viaje sería prácticamente como aceptar casarse con Dante. Y estaba segura de que, una vez casados, podría lograr que Dante la llegara a amar por sí misma, no por el mero hecho de ser la madre de su hija. Pero ¿y si nunca llegaba a amarla?, preguntó una molesta vocecita interior.

–Pensaré en ello –dijo finalmente.

Dante la miró con suspicacia.

–¿Qué quieres decir?

–No puedo dejar mi vida pasada así como así, Dante. Entre otras cosas tendré que desprenderme de mi negocio, así que tendrás que darme más tiempo.

–No era esa la respuesta que quería, Rose.

–Tómala o déjala –replicó Rose con un encogimiento de hombros, aunque se contrajo interiormente al ver el repentino destello de la mirada de Dante.

–Lo tomaré... ¡pero también pienso tomar esto! –añadió con voz ronca antes de besarla repentinamente con una pasión que dejó a Rose temblando. Luego tiró de ella con firme delicadeza para hacerle sentarse en su regazo y siguió besándola mientras le acariciaba el cuerpo con las manos.

La reacción de Rose fue tan acalorada e inmediata que, sin pensárselo dos veces, Dante se puso en pie y la llevó en brazos hasta su dormitorio, donde la tumbó en la cama y empezó a desnudarse.

–¡Espera un minuto! –protestó Rose.

–Ya he esperado bastante –Dante se arrodilló en la cama y comenzó a desnudarla–. Puede que no me ames, pero me deseas. ¿Vas a negarlo?

–No voy a negarlo, pero no quiero que hagas esto enfadado, Dante.

La mirada de Dante semejó un incendio cuando le quitó el vestido por encima de la cabeza.

–No, *bella*, no estoy enfadado –dijo mientras le soltaba el pelo–. Te deseo, Rose –añadió cuando terminó de desnudarla y la estrechó contra su poderoso cuerpo con un gruñido de pura satisfacción masculina–. Esta noche vamos a terminar lo que pusimos en marcha hace años.

–Ya volviste a hacerme el amor... –dijo Rose con voz insegura mientras él dejaba un rastro de ardientes besos a lo largo de su cuello.

–Pero una sola vez y con prisas. Esta noche quiero demostrarte lo que puede ser hacer el amor para nosotros, *tesoro*.

Rose sintió que se le desbocaba el corazón al ver el abierto afán de posesión que revelaba la mirada de Dante. «Sí», pensó. «Demuéstramelo. Quiero que lo hagas».

Casi esperaba un asalto sin preámbulos, pues, por la tensión que delataba su cuerpo, Dante parecía necesitar un alivio inmediato. Pero, en lugar de ello, Dante se dedicó a hacerle disfrutar besando y acariciando cada centímetro de su piel con enloquecedora precisión y habilidad. Cuando se apartó un momento de ella para ponerse un preservativo, Rose fue incapaz de contener un gemido de protesta, gemido que él acalló con un apasionado beso a la vez que sus cuerpos se unían. Las sensaciones que se adueñaron de Rose la dejaron sin aliento hasta que Dante se retiró un poco para volver a penetrarla de nuevo con más intensidad y empezar a enseñarle con exactitud lo que debía ser el arte de hacer el amor. No dejó de besarla mientras el ritmo de sus movimientos iba aumentando poco a poco. Cuando notó que Rose se hallaba al borde de la liberación aceleró sus penetraciones hasta que le hizo derretirse bajo su cuerpo con un sensual y prolongado gemido de pura satisfacción. Solo entonces cedió él a su propia liberación.

A continuación le hizo volverse para estrecharla entre sus brazos.

–No quiero moverme –susurró al cabo de un rato–, pero vas a tener que ir a la habitación de invitados. Bea podría encontrar tu cama vacía si va a buscarte.

Rose asintió, ruborizada.

–Tienes razón.

–Mañana traeremos tu ropa a este cuarto y le diremos a nuestra hija que vas a compartirlo conmigo.

Rose negó con la cabeza.

–Preferiría esperar a que las cosas estuvieran más asentadas entre nosotros.

La expresión de Dante se ensombreció al instante.

–¡Ah! Este es mi castigo, ¿no? Por mis pecados –añadió con amargura–. Por no haberte hablado de Elsa, por...

–No pretendo castigarte, Dante –dijo Rose con expresión de ruego–. Solo quiero ir más despacio, tener más tiempo para acostumbrarme a...

–¿A mí? –la interrumpió Dante–. Tenía la impresión de que acababa de hacerte bastante feliz.

–Sabes que eso es así –dijo Rose a la vez que apartaba la cabeza, ruborizada–. Es evidente que esa parte de nuestra relación sería muy buena.

–Toda nuestra relación sería buena –replicó Dante apasionadamente–. Pero, si quieres esperar también a asegurarte de ello, esperaré –se rio sin humor–. Se me da bien esperar, Rose. Llevo años esperándote.

–Si eso es cierto, ¿por qué no viniste a buscarme cuando te dejó tu mujer?

Dante frunció el ceño.

–Charlotte me dijo que había alguien en tu vida. No me dijo de quién se trataba y yo deduje que estaba hablando de un hombre. No tenía ni idea de que estaba hablando de nuestra hija.

–Le rogué a Charlotte que mantuviera en secreto lo de mi bebé y lo hizo.

–¿Te avergonzabas de Bea?

–¡Por supuesto que no! –replicó Rose, ofendida–. Solo temía que algún conocido tuyo pudiera verla y reconocer el parecido. Estabas casado y habría sido un desastre. Mi madre solo necesitó veros un momento juntos para deducir la verdad.

–Ahora todo el mundo lo sabrá –dijo Dante con satisfacción a la vez que se levantaba de la cama–. Tú no te muevas. Tengo un regalo para ti –añadió mientras sacaba una cajita del cajón de la mesilla–. Ábrela, *tesoro* –dijo tras entregársela a Rose y volver a tumbarse a su lado.

Rose obedeció y se quedó sin aliento al ver en el interior un anillo con una esmeralda entre dos diamantes en forma de rosa.

–Oh, Dante –murmuró mientras se le llenaban los ojos de lágrimas.

Dante se irguió en la cama y tiró de ella.

–¿No te gusta?

–Por supuesto que me gusta –dijo Rose roncamente mientras se frotaba los ojos con una mano–. Pero no puedo aceptarlo aún.

–¿Por qué no? –preguntó Dante con repentina frialdad.

–¡No me mires así! –exclamó Rose con expresión de ruego–. Solo te estoy pidiendo que esperes un poco más.

Dante cerró la cajita y prácticamente la arrojó a la mesilla.

–*Va bene* –dijo con dureza–. Pero solo pienso esperar hasta que te lleve de vuelta a Inglaterra. Mañana podrás saborear cómo podría ser nuestra vida aquí, en Fortino. Después, si vuelves a decirme que no, será la última vez. No está en mi naturaleza rogar, y no pienso volver a hacerlo. Haremos los arreglos necesarios para compartir a nuestra hija.

Rose lo miró con expresión horrorizada.

–Dante, escucha...

–No, Rose. Eres tú la que debe escuchar. Es mejor que aclaremos esto. Di que sí y llevaremos una vida normal de casados. De lo contrario, ya sabes lo que pasará. Y ahora –añadió con voz repentinamente sedosa–, y ya que te tengo aquí, en mi cama, voy a disfrutar del privilegio mientras pueda.

A continuación, sin apenas dar tiempo a Rose a reaccionar, volvió a hacerle el amor. Pero mientras experimentaba un nuevo e increíble orgasmo, Rose esperó en vano las palabras que habrían dejado zanjado definitivamente aquel asunto. Y no le importaba el idioma en que hubieran sido pronunciadas.

«Ti amo» eran dos palabras en italiano que habría entendido perfectamente.

Capítulo 10

ROSE se despertó a la mañana siguiente cuando el sol ya estaba alto en el cielo. Al abrir los ojos vio a su hija junto a Dante a los pies de la cama de la habitación de invitados.

–Despierta, mamá. Es la hora de la fiesta.

–Aún no, *piccola* –dijo Dante, riéndose–. Antes tenemos que desayunar. Vamos a dejar que mamá se duche mientras tú y yo damos un paseo por el jardín.

Rose se sorprendió al ver a Bea ya vestida con unos vaqueros y una camiseta, peinada y obviamente lavada.

–Buenos días, cariño. ¿Te has vestido tú sola?

Bea dedicó una mirada de auténtica adoración a su padre.

–Me ha ayudado papi. Pero yo me he lavado y me he cepillado los dientes sola.

–En ese caso, más vale que yo haga lo mismo enseguida.

–¿Estás cansada, cariño? –preguntó Dante con suavidad.

–Viajar siempre me produce ese efecto –dijo Rose a la vez que se apartaba el pelo del rostro–. Y ahora dadme diez minutos para prepararme y bajar a desayunar. ¡Estoy hambrienta!

Tras darse una rápida ducha, se puso unos vaqueros y un jersey. Ya se pondría algo más elegante cuando salieran para Fortino. Sintió una nueva punzada de aprensión al recordar que iba a conocer al resto de la familia de Dante.

Cuando bajaba las escaleras oyó a Bea y Dante hablando mientras regresaban del jardín y experimentó unos momentáneos celos del hombre que estaba haciendo tan feliz a su pequeña.

Por el pasillo se cruzó con Silvia, que estaba sacando al exterior la vajilla para el desayuno y la saludó alegremente en italiano.

–*Buongiorno* –repitió Rose con el mejor acento que pudo, y fue recompensada con una gran sonrisa y unas señas para que saliera al jardín.

–Ahí estás –dijo Dante, que se levantó en cuanto la vio salir y apartó una silla para ella en la mesa que ocupaban–. Bea y yo hemos pensado que sería buena idea desayunar fuera.

–Siento haber bajado con este aspecto –murmuró Rose a la vez que se llevaba una mano a la toalla que aún envolvía su pelo a modo de turbante–. Trataré de mejorarlo antes de que nos vayamos.

–Me gusta verte así –dijo Dante con un encogimiento de hombros–. Elsa no solía salir nunca de su habitación antes de estar perfectamente maquillada y vestida.

–¿Quién es Elsa? –preguntó Bea de inmediato.

Dante miró a Rose con expresión arrepentida.

–Una vieja conocida.

–¿Va a venir a la fiesta?

–No, *piccola*. La fiesta de hoy es solo para la familia.

Bea se puso en pie.

–¿Puedo tomar más zumo, mami?

–Ve a la cocina y pídele a Silvia que te lo sirva –sugirió Rose.

–Discúlpame, Rose –dijo Dante en cuanto la niña se fue–. No volveré a mencionar a Elsa.

–No tiene importancia –contestó Rose.

Dante se levantó y la tomó de la mano para que hiciera lo mismo.

–Claro que tiene importancia. Ahora que Bea y tú estáis en mi vida, quiero olvidar que esa mujer existió alguna vez –dijo, y a continuación la besó apasionadamente.

Rose pensó con tristeza que aquello no estaría sucediendo sin Bea, y, a base de voluntad, logró no derretirse entre los brazos de Dante. Cuando él la soltó, recogió la toalla que se le había caído de la cabeza durante el apasionado beso.

–¿Por qué no vas a ver qué tal se las está arreglando Bea en la cocina? –preguntó.

–Será un placer –dijo Dante, que salió enseguida y volvió unos momentos después con Bea tomada de la mano.

–Silvia me ha puesto el zumo en un vaso especial para mí –dijo la niña, mostrándole un colorido vaso–. Y le he dicho *grazie* –añadió, orgullosa.

–¡Bien hecho! –dijo Rose con una sonrisa–. Y ahora será mejor que te lo tomes para que podamos ir a prepararnos para la fiesta.

–¡Hay globos! –exclamó Bea emocionada cuando se acercaban a la entrada de la casa de campo de los padres de Dante–. ¡Y un montón de gente en las escaleras!

Y Bea tenía razón. Mientras Dante aparcaba el coche, prácticamente toda su familia, niños incluidos, salieron de la casa a recibirlos.

Maria Fortinari fue la primera en acercarse a ellos y besar cariñosamente a Rose y a Bea en las mejillas.

–Estáis las dos preciosas –dijo, y se volvió hacia el distinguido caballero de pelo blanco que la seguía–. Esta es nuestra nueva nieta, *caro*. Y esta es Rose, su *mamma*.

Lorenzo Fortinari tomó a Rose por los hombros y la besó en ambas mejillas.

–*Benvenuti*, Rose –dijo, y enseguida se acuclilló ante Bea, que había tomado la mano de su padre–. Y bienvenida tú también, *piccola*. ¿No vas a darme un beso?

–Este es mi padre, Bea –dijo Dante a su hija–. Pero para ti es tu abuelo.

Rose vio con alivio que Bea alzaba el rostro para que su abuelo la besara, pero de pronto se le iluminó la mirada y salió corriendo escaleras arriba.

–¡Tía Charlotte! ¡Tía Charlotte!

–¡Bea, cariño! –Charlotte Vilari estrechó a Bea entre sus brazos–. ¿Cómo está mi pequeña?

–¡Tengo un gran secreto, tía! –exclamó Bea.

–¿En serio?

Bea asintió enérgicamente.

–¡Dante es mi papá!

Todo el mundo se rio al escuchar aquello y, para sorpresa de Rose, a continuación rompieron a aplaudir. Charlotte entregó a Bea a su marido y bajó rápidamente las escaleras para abrazar a su amiga. Ambas estaban demasiado emocionadas como para decir nada hasta que se separaron.

–¡Qué sorpresa más encantadora! –exclamó Rose, sonriente.

Dante le dio unos momentos para recuperarse antes de presentarla al resto de su familia, incluidos sus numerosos sobrinos, que enseguida se llevaron a Bea para jugar con ella.

A pesar de toda la excitación, Rose no tardó en sentirse a gusto y relajada rodeada de la numerosa familia de Dante.

Finalmente, Maria hizo ir a todo el mundo al jardín trasero de la casa, donde había instalada una gran mesa con un mantel blanco oscurecido por grandes fuentes llenas de comida. Unos minutos después todo el mundo estaba sentado alrededor, codo con codo, charlando sin parar. Los niños estaban sentados juntos en uno de los extremos, y Bea ya parecía conocerlos a todos de toda la vida.

Cuando se sirvió el vino, Lorenzo Fortinari se levantó y alzó su copa.

–Quiero hacer un brindis por la llegada de Rose y la pequeña Bea a Fortino y a nuestra familia.

Todo el mundo se puso en pie de inmediato para brindar.

A continuación, Rose volvió a alzar su copa, sonriente.

–De parte de Bea y de mí misma... *grazie tante*!

–*Brava, carissima!* –le murmuró Dante al oído mientras volvían a sentarse.

Aún no se había servido el postre cuando Maria Fortinari se acercó a ellos para asegurarse de que Rose se lo estaba pasando bien y para animarla a comer más.

Rose sonrió cálidamente.

–La comida estaba tan deliciosa que ya he comido demasiado, *signora*. No me cabe nada más.

–Afortunadamente, aún cuento con Letizia, mi cocinera.

–Pero tú has preparado personalmente el *pollo Parmigiano*, *mamma* –dijo Dante a la vez que se inclinaba a besar la mejilla de su madre–. Y estaba fantástico, como siempre.

–Yo utilizo la misma receta, pero nunca me sale tan bien –dijo Harriet con un suspiro.

Leo, su marido, le palmeó la mano.

–A mí me encanta cómo lo haces. Y tu tarta de manzana estaba genial.

–Demasiado –dijo Charlotte a la vez que se palmeaba el estómago–. Estaba hambrienta.

–Es lo lógico en tu estado –comentó Fabio, orgulloso.

En otra época, Rose habría sentido una punzante envidia contemplando a las otras parejas, pero dado que en aquellos momentos tenía la oportunidad de contar permanentemente en su vida con Dante, la envidia podía ser algo del pasado. Fuera lo que fuese lo que sintiese por ella, tal vez había llegado el momento de aferrarse a aquella oportunidad con ambas manos y esforzarse para que su matrimonio funcionara por el bien de Bea. Y por su propio bien, admitió a la vez que volvía la mirada hacia Dante.

–Míralo –murmuró Charlotte a su lado mientras acudía a ver qué tal estaba su hija–. Está totalmente embobado con ella.

Mirella observó a su hermano riendo entre los niños.

–Es un tío maravilloso, y ahora va a ser también un padre maravilloso –miró con expresión de pesar a Rose–. Lo siento, pero mi inglés no es tan bueno como el de Dante.

–Pero es muy bueno de todas formas –dijo Rose–. Yo tengo que aprender italiano cuanto antes.

–Mi esposa puede darte clases –sugirió Leo Fortinari.

–¡Es una idea genial, cariño! –Harriet sonrió a Rose–. No te preocupes. Soy profesora, y estoy segura de que será mucho más cómodo enseñarte a ti que a un grupo de adolescentes revoltosos.

–¿Has disfrutado del día? –preguntó Dante en el trayecto de vuelta–. Ha sido un placer verte comiendo y riendo con mi familia, y con Charlotte. No te había dicho que iba a estar porque quería darte una sorpresa.

–Y me la has dado. Muchas gracias. Ha sido muy agradable ver un rostro conocido, aunque lo cierto es que toda tu familia ha sido maravillosa con nosotras.

–Nuestra pequeña ha estado encantada jugando con sus primos, ¿verdad?

Rose asintió mientras volvía el rostro hacia Bea, que dormía plácidamente en su sillita en el asiento trasero.

–Es una pena que tengamos que despertarla para acostarla –añadió Dante–. Estoy deseando teneros conmigo permanentemente.

–Lo sé, Dante –Rose dudó, pero no fue capaz de dar el salto–. Te agradezco que estés teniendo tanta paciencia conmigo.

–Debo de ser muy buen actor, porque por dentro no siento ninguna paciencia. Duerme conmigo esta noche, Rose –dijo Dante a la vez que apoyaba una mano en la rodilla desnuda de Rose–. Aunque no me quieras como marido, si me quieres como amante, ¿no?

Rose asintió en silencio. No tenía sentido negar aquello.

Dante dejó escapar un tembloroso aliento.

–Esta noche quiero compensar todas las que pasaré solo cuando te vayas.

¿Por qué no?, pensó Rose. Dante le encantaba en la cama, de manera que, ¿por qué luchar contra ello? Además, así la echaría más de menos cuando se fuera.

El silencio entre ellos se fue cargando de tensión sensual mientras entraban en la casa. Bea apenas reaccionó cuando Rose le puso el pijama, ni cuando Dante la dejó con delicadeza sobre la cama antes de inclinarse a besar su carita dormida.

–Y ahora voy a llevarte a mi cama –le murmuró con

voz ronca al oído a Rose en cuanto salieron de la habitación.

–Antes debería ducharme... –empezó Rose, pero se interrumpió con un gritito de sorpresa cuando Dante la tomó en brazos.

–Nos ducharemos luego.

Para Rose resultó tan natural meterse en la cama desnuda con Dante que casi estuvo a punto de decir que sí a la perspectiva de pasarse así el resto de su vida.

–Aquí es donde debes estar –dijo Dante como si le hubiera leído el pensamiento a la vez que la estrechaba entre sus brazos–. Donde deberías haber estado todos estos años.

Pero Rose no tenía ningunas ganas de resucitar el pasado en aquellos momentos.

–Ahora estoy aquí, así que ¿hablamos o tenías alguna otra cosa planeada?

La risa de Dante fue tan feliz que Rose se rio mientras él empezaba a demostrarle con labios y manos lo que tenía planeado mientras le hacía el amor con una paciencia que terminó bruscamente cuando, por primera vez, Rose tomó la iniciativa con las caricias. Dante se rindió gozoso a su propio deseo y apenas tardó unos momentos en llevarla hasta la cima, que alcanzaron juntos con la banda sonora de sus mutuos y apasionados gemidos de fondo.

–Si nos casamos... –murmuró Rose después, adormecida entre los brazos de Dante.

–Cuando nos casemos –la corrigió él de inmediato–. ¿Qué ibas a decir, *amore*?

–Me preguntaba cómo fue tu boda –dijo Rose. Si acababa aceptando casarse con Dante, quería que su boda fuera algo completamente diferente.

Dante frunció el ceño.

–A Elsa le entraron tantas prisas por casarse cuando le hablé de ti que optó por una breve ceremonia civil, algo de lo que me alegré. Pero te agradecería que dejáramos de hablar de Elsa.

Rose asintió enérgicamente.

–Solo lo preguntaba para planear algo completamente distinto para nuestra boda –dijo, y notó cómo se tensaba a su lado el musculoso cuerpo de Dante, que se irguió como una exhalación.

–¿Vas a casarte conmigo? ¡Por fin! –exclamó con expresión de triunfo a la vez que volvía a abrazar a Rose para besarla apasionadamente–. Te prometo que nunca te arrepentirás de tu decisión, Rose.

–Te tomo la palabra –murmuró ella mientras le devolvía el beso.

Dante frotó su mejilla contra la de ella.

–Ahora que por fin has dicho que sí, debemos hacer planes. Podríamos celebrar la boda en el Hermitage, como hicieron Charlotte y Fabio. Pero en esta ocasión tú serás la novia y yo alcanzaré por fin el sueño de mi vida de ser un auténtico padre –al ver que los ojos de Rose se llenaban de lágrimas la estrechó entre sus brazos con más fuerza–. No llores, cariño. Si no te gusta ese plan...

–Claro que me gusta... me encanta –Rose se frotó con los nudillos las lágrimas que brotaron ante la mención de la paternidad de Dante. No sentía celos de Bea, pero le habría gustado que Dante la incluyera en el sueño de su vida.

Dante salió de la cama para sacar un pañuelo de la mesilla y alcanzárselo.

–¿Qué puedo hacer para secar esas lágrimas?

–Solo abrázame, por favor.

–¿Por qué has llorado? –preguntó Dante con preocupación mientras volvía a abrazarla.

–Porque esa era la clase de boda que quería pero no me atrevía a pedir.

–Pero ¿por qué? Sabes muy bien que si pudiera conseguiría la luna para Bea y para ti.

–Eres encantador, pero me conformo con una boda en el Hermitage a la que asistan nuestras familias.

–Por supuesto. Pero tendremos que celebrarla pronto para que Charlotte también pueda asistir –Dante dejó escapar un profundo suspiro de satisfacción.

Rose sonrió.

–Apenas puedo creer que esté sucediendo todo esto. Pellízcame, Dante, para que sepa que no estoy soñando –dijo, y siseó cuando Dante le pellizcó con delicadeza un pezón–. ¡No me refería a que me pellizcaras ahí! Ahora tendrás que darle un beso para que se recupere.

–Si insistes... Pero tendrás que estarte quieta mientras obedezco.

Capítulo 11

A PESAR de las poco convincentes protestas de Rose, Dante volvió a acompañarlas en el viaje de vuelta a Inglaterra.

–Me parece una pena que hagas el viaje solo para acompañarnos.

–Debo asegurarme de que llegáis bien –replicó Dante en un tono que no admitía discusiones–. Además, así pasaré una noche más contigo para compensar todas las que tendré que pasar solo hasta que vuelvas a mi lado.

–Ya has pasado muchas noches solo en el pasado –comentó Rose con una sonrisa.

–Sí, pero eso era antes de conocer la alegría de compartir la cama contigo, *amore*. Ahora me va a costar mucho dormir sin ti.

–¡No puede decirse que hayas dormido mucho estos días!

–*Certo*. ¿Por qué perder el tiempo durmiendo teniendo la posibilidad de hacerte el amor?

El viaje de regreso transcurrió sin incidentes, pero Bea se llevó un gran disgusto al día siguiente al saber que Dante se iba, y se aferró a él llorando cuando llegó el taxi que iba a llevarlo al aeropuerto.

–No tardaremos en volver a estar juntos en Villa Castiglione –prometió Dante mientras la abrazaba cariñosamente–. Pero hasta entonces tienes que ayudar a mamá y a la abuela a planear la boda.

Bea miró a su madre con ojos llorosos.

–¿Puedo ayudar, mami?

–Por supuesto, cariño. Sería muy complicado organizarlo todo sin tu ayuda.

–¿Habrá globos?

Dante se rio mientras dejaba a su hija en el suelo.

–Por supuesto que habrá globos. Montones de globos. Y ahora debo irme, cariño, pero antes debo dar un beso de despedida a tu madre –dijo mientras pasaba un brazo por la cintura de Rose y la atraía hacia sí–. No trabajes demasiado y cuídate mucho, cariño.

–Tú también –replicó Rose, sonriente.

El periodo que siguió a la marcha de Dante fue de los más ajetreados de la vida de Rose. Debido a los compromisos del Hermitage, la fecha más cercana que pudo ofrecer Tony Mostyn para la celebración de la boda fue un mes después. Al principio, Rose se disgustó un poco, pues quería que la boda se celebrara cuanto antes, pero finalmente se alegró de tener un poco más de tiempo para organizar las cosas. Recibió varias ofertas por su negocio de contabilidad que decidió sopesar tranquilamente antes de tomar una decisión y, dado que los precios de las casas estaban por los suelos en aquella época, prefirió esperar a que las cosas mejoraran un poco para obtener más dinero con su venta.

Cuando finalmente llegó el día de la boda, aunque en ciertos momentos Rose temió que no fuera a llegar nunca, tuvo una intensa sensación de *déjà vu* cuando entró en el Hermitage. Pero en aquella ocasión ella era la novia y Dante Fortinari el novio. «Su» novio.

Al ver los sonrientes rostros de los invitados vueltos hacia ella en la sala privada que se utilizaba para las ceremonias, el corazón de Rose se llenó de una mezcla de emociones que la aturdieron un poco hasta que sintió un apretón de la manita de la dama de honor, que se animó mucho al ver a sus numerosos primos saludándola con la mano.

–¡Mira, mami! –dijo Bea a la vez que devolvía los saludos con expresión radiante–. ¡Y ahí está papi con tío Fabio!

Dante contemplaba con orgullo el avance de la novia y su dama de honor. Recibió a Rose de manos de Tom con un murmullo de gracias y besó cariñosamente a su hija antes de que Tom la llevara a sentarse entre Charlotte y Grace.

Dante pronunció sus votos con tan apasionada sinceridad que Rose tuvo que hacer un esfuerzo para no llorar mientras pronunciaba los suyos, apenas capaz de creer que aquello estuviera pasando realmente cuando después Dante enlazó su brazo con el de ella para avanzar entre la hilera de sonrientes invitados.

Un rato después recibía junto a su recién estrenado marido a los invitados a la entrada del salón en que se iba a celebrar el banquete, el mismo en que se había celebrado el de Charlotte, algo que esta comentó rápidamente mientras Grace y Tom, y luego Maria y Lorenzo Fortinari abrazaban y besaban a los novios.

–Soy tan feliz... –dijo Maria mientras se limpiaba con un pañuelo las lágrimas–. Estás preciosa, Rose, y también lo está nuestro pequeño ángel –añadió a la vez que se inclinaba para besar a Bea.

Tras las felicitaciones, Rose dejó a Bea con sus abuelas, que se habían entendido desde el primer momento a las mil maravillas, y fue con Harriet y Charlotte a arreglarse un poco.

–Por la cara que ha puesto Dante cuando te ha visto

entrar en la sala, se nota que se considera el hombre más afortunado del mundo por haberse casado contigo –comentó Harriet mientras las tres se retocaban el maquillaje.

–Eso se debe a que voy incluida en el paquete con nuestra hija –dijo Rose en el tono más desenfadado que pudo, y sonrió cuando Allegra, la mujer de Tony, asomó su pecoso rostro por la puerta.

–Vamos, señora Fortinari... y me refiero a Rose, no a ti, Harriet –añadió Allegra con un guiño–. Dante se está impacientando.

–Ya vamos –dijo Rose, que se sorprendió cuando Harriet se acercó a ella y le dio un cariñoso abrazo.

–No te equivoques, Rose. Dante está en el séptimo cielo porque finalmente ha conseguido tenerte a ti. Así que, adelante, cuñada. El día de la boda pasa muy rápido... ¡así que disfrútalo mientras puedas!

Charlotte sonrió con gesto triunfante.

–Además hoy eres la novia, no mi dama de honor.

Aún incrédula con todo lo que estaba sucediendo, Rose alargó los brazos hacia su madre cuando se acercó a abrazarla con los ojos brillantes por las lágrimas bajo el espectacular sombrero que le había regalado Tom.

–¿Estás disfrutando de tu día, cariño?

Rose asintió y le devolvió el abrazo a su madre, emocionada.

–Muchas gracias, mamá.

–¿Por qué?

–Por todo.

Dante esperaba impaciente en el vestíbulo mientras los invitados se daban prisa para permitir que los recién casados hicieran su entrada triunfal en la sala.

–Estás preciosa, *tesoro,* y te pareces tanto a aquella

chica de la otra boda que he creído que estaba soñando cuando has avanzado hacia mí por el pasillo.

–Eso es porque he elegido un vestido muy parecido al que llevé en aquella boda. ¿Te gusta?

–Me encanta, pero estoy deseando quitártelo –contestó Dante, que se rio encantado al ver cómo se ruborizaba Rose. En aquel momento empezó a sonar la música dentro del salón anunciando la llegada del novio y la novia–. *Allora.* ¡Esa es nuestra canción!

Unas horas más tarde, ya a solas en una de las suites de lujo del Chesterton, Dante tomó a su esposa en brazos y la besó con un suspiro de alivio.

–Por fin te tengo para mí solo, *signora* Fortinari.

Rose se volvió cuando Dante la dejó en el suelo, preguntándose si darle ya su noticia.

–Debería haberme cambiado antes de salir del Hermitage, pero...

–Sabías que quería quitarte el vestido personalmente –la interrumpió Dante a la vez que se inclinaba a besarle la nuca–. *Mille grazie, tesoro.*

–¿Me desabrochas los botones?

–*Dio*! ¿Realmente quieres que desabroche todos esos botones?

–Son exactamente la misma cantidad que la última vez.

–¡No recuerdo haber desabrochado tantos!

–No me los desabrochaste tú –Rose se volvió para mirar a Dante a los ojos–. Estaba tan ansiosa que lo hice yo misma.

–Pues esta vez pienso hacerlo yo –dijo Dante, que se puso a desabrochar botones de inmediato.

Cuando el vestido cayó a los pies de Rose, Dante la tomó en brazos y la llevó a la cama. Luego se quitó rápidamente la ropa y se acostó a su lado con un suspiro de placer.

–Te deseo tanto... –murmuró antes de besarla.

No era exactamente lo que Rose quería escuchar, pero en aquellos momentos le bastó, pues ella también lo deseaba intensamente.

Hicieron el amor apasionadamente, como si llevaran años sin verse, cuando en realidad solo habían estado separados un mes. Dante la besó por todo el cuerpo, y ella le correspondió murmurando apasionadas palabras mientras sentía que se le incendiaba la piel. Cuando Dante la penetró y empezó a moverse con maestría dentro de ella, apenas fue capaz de reprimir el intenso gemido de placer que acompañó en pocos segundos a un abrumador orgasmo, gemido que hizo perder por completo el control a Dante.

Después permanecieron largo rato abrazados, jadeantes.

–Es una suerte que los invitados estén en el Hermitage –murmuró Rose finalmente–. Siento haber sido tan ruidosa.

Dante alzó el rostro y le dedicó una mirada llena de orgullo.

–Ese es el mejor cumplido que podrías haberme hecho, *tesoro*. ¡Me siento como un rey ahora que sé que te he dado tanto placer!

–¿Y yo te he dado placer a ti?

–La palabra «placer» no es suficiente para expresarlo. Cuando hago el amor contigo experimento una especie de arrebato que no había sentido nunca –Dante frunció repentinamente el ceño–. ¿Estás llorando?

Rose sorbió con fuerza por la nariz.

–Lo que has dicho ha sido tan bonito... –murmuró, aunque aquellas seguían sin ser las palabras que esperaba escuchar.

–Para mí también fue una auténtica revelación, pero

es la verdad –aseguró Dante mientras volvía a abrazarla.

Rose respiró profundamente.

–Hablando de revelaciones, he estado esperando el momento adecuado para hacerte una.

–¿Tienes ya comprador para la casa?

–No. Se trata de algo mucho más importante –Rose se incorporó sobre un codo para poder mirar a Dante a la cara–. Vamos a tener otro bebé. Debió de suceder la noche que regresaste a mi casa después de que nos peleáramos... –al ver que Dante se erguía de inmediato y la miraba con los ojos entrecerrados se interrumpió. Cuando vio que seguía mirándola sin hablar sintió un escalofrío–. Di algo, por favor, Dante.

–De manera que por eso aceptaste casarte conmigo –dijo finalmente Dante–. No estabas dispuesta a renunciar a tu independencia ni a tu trabajo en Inglaterra, pero de pronto me dijiste que sí y yo no me cuestioné para nada tu respuesta. Pensé como un tonto que habías cambiado de opinión por mí, pero solo fue porque estabas de nuevo embarazada. ¿Por qué no me lo habías dicho hasta ahora? ¿Temías que cancelara la boda? ¿Crees que habría sido capaz de hacerle algo así a Bea? –le espetó a la vez que se levantaba de la cama y se encaminaba rápidamente al baño.

Rose pensó con amargura que, al menos por una vez, habría estado bien que Dante hubiera pensado en ella antes que en Bea. Sabía que era un pensamiento mezquino, pero aquella noche en particular habría supuesto el perfecto regalo de boda.

Sintiéndose repentinamente avergonzada de su desnudez, abrió la maleta que había a los pies de la cama y sacó su bata. Acababa de hacerlo cuando sintió una punzada de dolor de cabeza. Debería haber mantenido en secreto su embarazo, al menos por aquella noche. Con un suspiro, se sentó en el borde de la cama a esperar. Cuando Dante salió del baño fue a sentarse a su lado, aunque dejó un espacio entre ellos.

–Voy a volver a preguntártelo –dijo con dureza–. ¿Por qué no me lo habías dicho antes?

Repentinamente furiosa, Rose le dirigió una torva mirada.

–Porque he sido lo suficientemente ingenua como para reservar la noticia como regalo de boda para ti –le espetó antes de entrar en el baño y cerrar la puerta con llave.

–¡Rose! –exclamó Dante–. ¡Vuelve aquí ahora mismo!

Rose tuvo que ponerse de rodillas al experimentar unas repentinas náuseas que le hicieron devolver lo poco que había podido comer en la boda. Se le llenaron los ojos de lágrimas mientras maldecía al destino por haber planeado sus primeras náuseas precisamente aquella noche. Desolada y temblorosa, ignoró los golpes de Dante en la puerta hasta que amenazó con tirarla.

–*Dio*, Rose! –exclamó Dante con expresión horrorizada cuando le abrió y vio su rostro pálido y sudoroso–. ¿Qué sucede?

–¿Qué va a suceder? Estoy embarazada y tengo náuseas. ¡Y ahora vete! –le espetó, desesperada, pero Dante la ignoró y mojó una pequeña toalla para humedecerle la frente. Luego la tomó en brazos y la llevó hasta la cama–. ¿Qué puedo hacer por ti?

–Dame un vaso de agua, por favor –dijo Rose, reacia.

–Enseguida –Dante llenó un vaso de agua y a continuación se sentó en el borde de la cama–. ¿Llevas muchos días con náuseas?

–Esta ha sido la primera noche. Qué oportuna, ¿verdad? –dijo Rose con ironía.

–Creía que era yo el que te había puesto enferma, no nuestro bebé.

Rose no pudo evitar ablandarse al escucharle decir «nuestro bebé».

–Probablemente ha sido así. Tu reacción no ha sido precisamente la que esperaba.

–Lo siento, pero después de lo que acababa de pasar no estaba pensando con claridad.

–A mí me ha parecido que has hablado bastante claro. Pero preferiría que no habláramos de eso ahora. ¿Te importaría prepararme un té? Hay todo lo necesario en ese armario, incluyendo un hervidor.

Dante se ocupó de preparar el té y unos minutos después le llevó una humeante taza a Rose.

–Gracias –tras tomar un sorbo, Rose lo miró por encima del borde de la taza–. No está siendo precisamente la noche de bodas que esperabas, ¿no?

Dante señaló el sofá que había bajo la ventana.

–¿Prefieres que duerma ahí esta noche?

–Por supuesto que no. Además, no cabrías en ese sofá.

–No me importa si así descansas mejor.

–Es muy noble por tu parte, pero no hace falta que te sacrifiques –Rose se levantó cuidadosamente y se encaminó al baño–. Dame unos minutos para lavarme los dientes.

Cuando salió, Dante había hecho la cama y solo tenía encendida la luz de la mesilla.

–La cama tiene un aspecto muy tentador –dijo Rose, sintiéndose repentinamente demasiado cansada incluso para hablar.

Dante se tumbó junto a ella y, tras un momento de duda, la tomó de la mano.

–*Buonanotte, sposa mia* –dijo con suavidad.

–Buenas noches, Dante –Rose cerró los ojos, agradecida, consciente de que Dante habría querido estrecharla entre sus brazos, pero había optado por limitarse a tomarla de la mano.

Y había hecho bien, porque su inesperada reacción a la noticia que le había dado había sido como una bofetada.

Capítulo 12

EL VUELO a Pisa transcurrió sin incidentes. Rose no había tenido náuseas al levantarse y había temido que surgieran en pleno viaje, pero no fue así. Incluso comió algo para tranquilizar a Dante.

Como en la ocasión anterior, Tullio los esperaba en el aeropuerto a pesar de ser domingo.

–*Congratulazione, signora* Fortinari –dijo con una sonrisa de oreja a oreja antes de tomarle la mano a Rose para besársela.

–*Grazie*, Tullio –replicó Rose, secretamente encantada con su nuevo tratamiento.

Una vez en el coche, Dante se volvió hacia ella con una sonrisa.

–No voy a conducir rápido. No quiero que te vuelvas a marear, *carina*. Le he pedido a Silvia que nos deje algo de comida preparada y que se tome unas vacaciones para que podamos empezar en paz nuestra vida juntos, pero, si prefieres que siga viniendo como de costumbre, solo tengo que llamarla.

–No hace falta. Cuando mamá y Tom traigan a Bea la paz se acabará.

–Por mucho que quiera a Bea, será un placer estar a solas contigo unos días. Y espero que dentro de poco dejes de sentirte incómoda conmigo –añadió con una irónica expresión.

–Haré todo lo posible, Dante –contestó Rose, que

fue incapaz de reprimir un bostezo a continuación–. Lo siento.

–Duerme un poco, *bella*. Te despertaré cuando estemos llegando a casa.

«A casa», pensó Rose mientras se le cerraban los ojos y sonreía. Iba a estar muy bien poder pasar unos días a solas con Dante para variar...

Se despertó sobresaltada al notar un brusco movimiento acompañado del chirrido de las ruedas sobre el asfalto. Maldiciendo violentamente, Dante pisó a fondo el freno y la cabeza de Rose golpeó secamente contra la ventanilla, dejándola momentáneamente aturdida. Cuando abrió los ojos oyó que Dante no dejaba de repetir su nombre con expresión angustiada.

–¡Contéstame, Rose! ¿Dónde te has golpeado?

–Solo en la cabeza –dijo ella, un poco grogui–. ¿Qué ha pasado?

–Un energúmeno se ha cruzado en nuestro camino sin avisar, nos ha rozado el costado del coche y luego ha salido huyendo –Dante se inclinó hacia ella con expresión preocupada–. *Dio*! Te está sangrando la cabeza. Tengo que llevarte a un médico de inmediato.

–No necesito un médico, Dante.

–Claro que sí. Quédate quieta mientras organizo esto –Dante le entregó su pañuelo para que se secara la sangre antes de sacar su móvil.

Rose escuchó la rápida conversación que siguió en italiano, pero solo entendió la palabra *«incinta»*.

–Te atenderán en cuanto lleguemos –dijo Dante con evidente alivio a la vez que abría la portezuela–. Voy a asegurarme de que el coche está en condiciones para seguir circulando.

Tras comprobar que solo había una fea rozadura en el costado, volvió a sentarse frente al volante.

–Solo tiene daños superficiales, pero es seguro circular con él. Lo siento, Rose. Jamás he tenido un accidente, ni siquiera de joven, cuando conducía rápido, y precisamente hoy que estaba teniendo especial cuidado...

–¡No ha sido culpa tuya! –protestó Rose–. Ha sido culpa de ese tonto imprudente.

–*Grazie, tesoro*. ¿Te duele la cabeza?

–Un poco –tras un momentáneo silencio, Rose añadió–: Menos mal que Bea no estaba con nosotros.

–Desde luego –dijo Dante, que incluso logró sonreír al añadir–: ¡Pero te aseguro que no estaba conduciendo rápido!

Rose se rio y lo miró atentamente.

–¿Tú no te has llevado ningún golpe?

–Tan solo en el orgullo. Siento muchísimo lo que ha pasado, *carissima*.

–Sobreviviré y, en caso de que te preocupe, también sobrevivirá nuestro bebé.

–La verdad es que cuando te has golpeado solo he pensado en ti, no en el bebé. No querría volver a perderte por nada del mundo –dijo Dante, emocionado, y Rose notó maravillada que sus ojos se habían llenado de lágrimas.

Ajena al tráfico y a cualquiera que pudiera estar viéndolos, tomó el rostro de su marido entre las manos y lo besó apasionadamente.

–Pero no me has perdido, cariño –murmuró, emocionada–. No me has perdido.

Tras asegurarse de que Rose se sentía lo suficientemente bien como para continuar con el viaje, Dante condujo hasta el hospital que solía utilizar la familia Fortinari. Tras descartar una conmoción, curarle la sien a Rose y hacerle una ecografía, el médico le dio el alta con la condición de que regresara de inmediato si no se sentía bien.

Cuando, por fin, Dante detuvo el coche ante Villa Castiglione, Rose dio un suspiro de alivio.

–Por fin en casa –dijo, agradecida.

–Es un placer oírte decir «en casa» –Dante sonrió mientras salía del coche y lo rodeaba para tomar a Rose en brazos–. Esta es la costumbre de los recién casados, ¿no?

Rose le rodeó el cuello con los brazos y se sorprendió cuando, en lugar de llevarla al salón, Dante la llevó directamente al dormitorio, donde la dejó con delicadeza en la cama. A continuación se tumbó a su lado con un suspiro y la abrazó.

Rose permaneció quieta un rato, pero finalmente le palmeó un brazo.

–Siento estropear un momento tan romántico, Dante, pero tengo hambre.

Dante se irguió, sonriente.

–Yo también. Voy a la cocina a por algo de picar. Tú limítate a seguir siendo tan guapa y a permanecer tumbada.

–Bueno, si insistes... –bromeó Rose–. Pero podré estar más guapa si antes me doy una ducha. ¿Te importa subir parte del equipaje antes de ocuparte del picnic? Mientras, llamaré a mi madre para decirle que hemos llegado y para que me cuente cómo está Bea.

La euforia de haber sobrevivido a lo que podría haber sido un accidente grave proyectó un aura mágica sobre su primera tarde en la villa como marido y mujer. Dante, que se enorgullecía de su habilidad como conductor, estaba obviamente mortificado por el accidente, pero Rose estaba profundamente agradecida por ello. La angustiada reacción de Dante cuando había temido que estuviera herida había hecho que desaparecieran todas las dudas que había tenido sobre sus sentimientos.

Cuando Dante regresó a la habitación tras haber recogido los restos del picnic y vio la meditabunda expresión de Rose, le preguntó en qué estaba pensando. Rose dudó un momento, pero finalmente decidió hablar claro sobre sus dudas y temores, con lo que se ganó una mirada de auténtico asombro por parte de Dante.

—¿No creías que te quería?

—Nunca me lo has dicho, aunque siempre he sabido que me deseas físicamente.

—¡Solo necesito una caricia tuya para arder! —Dante se sentó en la cama junto a Rose y la estrechó entre sus brazos—. Pero eso es solo una parte de mi amor por ti, Rose. Quiero pasar cada minuto posible del resto de mi vida contigo, criar a nuestros hijos juntos, envejecer a tu lado. Así es como te amo. ¿Es suficiente?

Rose sonrió a través de una repentina bruma de lágrimas y le devolvió el abrazo.

—Más que suficiente... aunque fuiste horrible conmigo en nuestra noche de bodas.

—Perdóname, *carissima*, pero trata de entenderme. Quería que me amaras como marido y amante, y por un momento pensé que solo habías aceptado casarte conmigo para conseguir un padre para otro hijo.

—Y yo temía que solo te hubieras casado conmigo para conseguir a Bea —dijo Rose, que sonrió con timidez ante la mirada de incredulidad que le dedicó Dante.

—¿Cómo podías pensar eso? Fue maravilloso volver a verte en Florencia, y entonces no sabía que teníamos una hija —Dante apoyó la frente contra la de Rose—. Así que, para evitar futuras confusiones, *signora* Fortinari, te he amado desde el día que nos conocimos. *Ti amo, sposa mia*. ¿Me comprendes?

–Sí, sí, te entiendo. Y para asegurarme de que tú también me entiendas, Dante Fortinari, te diré que me he casado contigo exactamente por las mismas razones.

–Cosa por la que estoy inmensamente agradecido a los dioses –murmuró Dante a la vez que retiraba la bata de los hombros de Rose para quitársela–. Entonces, ¿me perdonas?

Rose fingió pensárselo.

–Estoy pensándomelo. Creo que tendrás que pasar el resto de nuestra luna de miel convenciéndome.

–¡Será un auténtico placer, *amore*! He dado instrucciones a mi familia para que no nos molesten cuando vuelvan mañana de Inglaterra. Les sorprendió que no quisieras ir a algún lugar más exótico para nuestra luna de miel.

–Solo quería iniciar nuestra vida en Villa Castiglione sin tener a nuestra pequeña con nosotros durante un par de semanas –Rose suspiró mientras se estiraba contra Dante–. A pesar de la ceremonia, apenas puedo creer que estemos aquí juntos.

–Tenerte entre mis brazos como mi esposa es un sueño hecho realidad, *tesoro*.

–Para mí también, pero... ¿puedo contarte otra cosa, Dante?

–Lo que quieras, *amore*, sobre todo si va a gustarme.

Rose asintió.

–Solía decirme que algún día aparecería mi príncipe azul, y ahora está aquí por fin, entre mis brazos.

–Donde pretende seguir –dijo Dante enfáticamente, aunque a continuación negó con la cabeza–. Pero no soy ningún príncipe, *tesoro*.

–¡Lo eres en mi cuento de hadas!

Dante esbozó aquella sonrisa tan parecida a la de su hija.

–Y como le he leído muchos cuentos de hadas a nuestra hija, ya sé exactamente cómo acaban. ¡Vamos a ser felices y a comer perdices!

Cuando transcurrieron aquellos quince días de luna de miel, y a pesar de lo feliz que se sentía, Rose estaba realmente excitada y emocionada cuando vio a Bea corriendo hacia ella en el aeropuerto de Pisa, seguida de cerca por Grace y Tom.

Se produjo entre ambas una colisión llena de risas y Dante rodeó a madre e hija con sus brazos. Tras besar sonoramente a Bea, Rose abrazó a su madre.

–¿Cómo estáis?

–Estupendamente –dijo Grace con una sonrisa–. Bea se ha portado genial y ha sido un placer tenerla con nosotros, ¿verdad, Tom?

Tom dejó el equipaje en el suelo para besar a Rose.

–La primera semana contamos con la ayuda de Charlotte y Fabio, y el resto ha sido una excelente práctica para cuando llegue el pequeño Vilari –dijo a la vez que le estrechaba la mano a Dante–. ¡Creo que no necesito preguntar cómo estás!

–Soy un hombre muy afortunado –dijo Dante con una sonrisa de oreja a oreja y, tras besar cariñosamente a Grace y tomar parte del equipaje, señaló la salida–. El coche está fuera.

–¿Podemos ir a ver a mis primos mañana? –preguntó Bea en cuanto estuvo sentada en su sillita.

–Posiblemente, cariño –dijo Dante mientras arrancaba el coche.

Bea no tardó en quedarse dormida, y no se despertó

hasta que el coche entró en el sendero que llevaba a Villa Castiglione. Cuando miró por la ventanilla, abrió los ojos de par en par.

–¡Globos! –exclamó, excitada–. ¿Hay una fiesta? ¡Mira, Tom! ¡Tía Charlotte está en el jardín!

–Y no solo Charlotte –dijo Grace con cierto recelo antes de volverse hacia su hija con expresión preocupada–. ¿Tengo buen aspecto?

–Estás guapísima y elegante –le aseguró Tom de inmediato.

–¡Papi! ¡Papi! ¡Bájame! –exclamó Bea mientras un nutrido grupo de primos corría desde la casa hacia el coche.

En cuanto puso los pies en el suelo, Bea corrió a reunirse con sus primos y abuelos, que la besaron cariñosamente antes de dar una cálida bienvenida a los demás.

Rose permaneció un momento atrás tomada de la mano de Dante.

–¿Eres feliz, *amore*? –preguntó él.

–Sí –contestó Rose con sencillez–. En estos momentos tengo todo lo que podría desear en el mundo... sobre todo a ti.

–¡Ah, *carissima*! –Dante la tomó entre sus brazos para besarla, lo que hizo que el resto de los presentes rompiera en un sonoro aplauso.

–Ven, *mio figlio* –dijo Maria Fortinari, sonriente–. Deja a tu mujercita un momento. Querrá acompañar a Grace y a Tom a su dormitorio para que se refresquen. Después comeremos.

Un rato después todo el mundo estaba sentado en torno a una gran mesa en el jardín, disfrutando en medio de un considerable bullicio de la comida que había preparado Maria con la ayuda de Silvia.

Aún faltaban los postres cuando Rose miró con sorpresa a su marido al ver que se levantaba y golpeaba con el tenedor su copa para llamar la atención.

–Escuchad atentamente, porque voy a hablar en inglés para que Grace y Tom comprendan lo feliz que soy dándoles la bienvenida a mi casa y para darles las gracias por haberse ocupado de Bea estas dos semanas.

Al oír mencionar su nombre, Bea corrió junto a su padre, que la tomó en brazos para besarla con tal expresión de amor que casi todas las mujeres presentes derramaron una lagrimita, especialmente Charlotte.

–Son las hormonas –se disculpó antes de sonarse con el pañuelo que le ofreció enseguida Fabio.

–Y ahora –continuó Dante–, quiero dar las gracias a mi suegra por haber dejado a su hija y a su nieta a mi cuidado, y también a Tom por haber cuidado tan bien de ellas en el pasado.

Para sorpresa de Rose, Grace intercambió una mirada con Tom y se puso en pie.

–Gracias, Dante, y gracias a todos los presentes por vuestra cálida bienvenida. Siempre que recuerde este día me sentiré feliz porque sé que mis niñas son felices.

–*Davvero* –dijo Dante con sentimiento a la vez que pasaba un brazo por la cintura de Rose–. Después de los años que hemos estado separados, ¡ha llegado el momento de que seamos felices y comamos perdices!

–Como en mis libros de cuentos –dijo Bea, satisfecha, y todos se rieron mientras Dante la dejaba en el suelo.

–Pero mejor aún, porque es nuestro propio cuento, ¿verdad? –dijo Dante.

–Mucho mejor –declaró Rose, emocionada, aunque enseguida sonrió para aligerar el ambiente–. Y ahora, ¿quién quiere probar los postres que hemos preparado Harriet y yo?

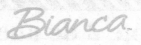

Lo que Su Alteza desea…

El príncipe Hafiz dedicaba sus días a su pueblo y las noches a satisfacer sus más íntimos deseos con su increíble amante, la estadounidense Lacey Maxwell. Sin embargo, el deber hacía necesaria su boda con una mujer más apropiada. Cuando se permitía dar rienda suelta a sus más locas fantasías, Lacey esperaba llevar puesto algún día el anillo de Hafiz. Pero sus sueños quedaron reducidos a añicos cuando su príncipe eligió a otra.

Enfrentado a la perspectiva de una unión sin pasión, Hafiz comprendió que los años pasados con Lacey no habían hecho más que aumentar su deseo por ella. Así pues debía convertir en virtud su único vicio, por el bien de su pueblo… y por el de ambos.

La elección del jeque

Susanna Carr

Acepte 2 de nuestras mejores novelas de amor GRATIS

¡Y reciba un regalo sorpresa!

Oferta especial de tiempo limitado

Rellene el cupón y envíelo a
Harlequin Reader Service®
3010 Walden Ave.
P.O. Box 1867
Buffalo, N.Y. 14240-1867

¡Si! Por favor, envíeme 2 novelas de amor de Harlequin (1 Bianca® y 1 Deseo®) gratis, más el regalo sorpresa. Luego remítanme 4 novelas nuevas todos los meses, las cuales recibiré mucho antes de que aparezcan en librerías, y factúrenme al bajo precio de $3,24 cada una, más $0,25 por envío e impuesto de ventas, si corresponde*. Este es el precio total, y es un ahorro de casi el 20% sobre el precio de portada. ¡Una oferta excelente! Entiendo que el hecho de aceptar estos libros y el regalo no me obliga en forma alguna a la compra de libros adicionales. Y también que puedo devolver cualquier envío y cancelar en cualquier momento. Aún si decido no comprar ningún otro libro de Harlequin, los 2 libros gratis y el regalo sorpresa son míos para siempre.

416 LBN DU7N

Nombre y apellido	(Por favor, letra de molde)
Dirección	Apartamento No.
Ciudad	Estado Zona postal

Esta oferta se limita a un pedido por hogar y no está disponible para los subscriptores actuales de Deseo® y Bianca®.
*Los términos y precios quedan sujetos a cambios sin aviso previo.
Impuestos de ventas aplican en N.Y.

SPN-03   ©2003 Harlequin Enterprises Limited

CITAS PELIGROSAS

NATALIE ANDERSON

Nadia Keenan tenía unas reglas en su página web acerca
de qué hacer y qué evitar en
una primera cita, como ponerse
guapa, no insinuarse hasta una
segunda cita y, en caso de des-
confiar del hombre, informar de
ello en www.mujeralerta.com,
por muy sexy que este fuera.
Ethan Rush decidió poner sus
reglas a prueba tras ser difama-
do en la página web de Nadia.
Quería demostrarle que no era
el tipo despreciable que descri-

bían en su blog. Pero Nadia no se dejaría convencer fá-
cilmente. Y así comenzó la guerra de las citas.

¿Rompería sus propias reglas?

¡YA EN TU PUNTO DE VENTA!

Una noche que lo cambió todo...

Arion Pantelides siempre mantenía el dominio de sí mismo. Sin embargo, una noche quiso olvidarse de todo con una desconocida impresionante. La pasión dejó paso enseguida a la furia cuando él, que valoraba la sinceridad por encima de todas las cosas, descubrió que la mujer que se había derretido entre sus brazos acababa de enviudar. El matrimonio de Perla Lowell había sido una farsa muy dolorosa, pero en esos momentos, sola y sin un céntimo, se negaba a permitir que ese griego de corazón sombrío la intimidara. Sin embargo, cuando Arion le dio la oportunidad de que le mostrara cómo era, le demostró que no tenía nada que ocultar. Hasta que descubrió que estaba embarazada de él...

El dulce sabor de la inocencia

Maya Blake